그것이 옳은 일이니까요

그것이
옳은
일이니까요

박태식 신부가 읽어주는
영화와 인권

비채

오프닝 크레딧

사람 사는 세상에 인권이 전제되지 않은 경우가 있을까? 이를테면, 우리의 애간장을 태우는 사랑의 상처에도, 치매로 스러져가는 노인의 애절한 삶에도, 그리고 욕망에 사로잡혀 친구까지 배신하는 마음에도 인권이 스며들어 있다. 사실, 범위를 넓히려면 한없이 넓어지는 게 인권 문제이다. 심지어 노동자들을 무자비하게 탄압하는 자본가에게조차 억울한 자기변명이 있지 않겠는가. 그렇다고 해서 모든 이의 개인적인 억울함을 알뜰살뜰 들어주고 각자에게 유리하게 상황을 풀어주는 것이 반드시 인권 존중이라고 할 수는 없다. 그렇기에 인권을 이야기하는 영화라면 많은 이들과 함께할 수 있는 공감대를 확보해야 한다.

이 책에서 다루는 영화들은 바로 이 인권의 공감대를 바탕으로 고른 작품들이다. 고문을 받아 억울하게 인생을 마감한 사람의 목소리에도 귀 기울여야 하지만 온갖 난관을 뚫고 조국의 경제를 일으킨 사람도 기억할 만하다. 우리에게 〈변호인〉도 소중하지만 〈국제시장〉도 중요한 까닭이다. 이처럼 영화는 서로의 입장을 바꾸어보고 상상해보는, 즉 '다른 사람의 신발을 신어보는' 일을 가능하게 해준다.

이 책은 모두 네 부로 구성되어 있다. 각각의 제목을 보면 '지금' '여기' '우리' 그리고 '나'인데, 이 네 범주를 통해 인권 문제의 다양한 양상을 포괄하려 했다. 제1부 '지금'은 사회에서 개인 쪽으로 인권의 방향을 잡았고, 제2부 '여기'에서는 개인에서 사회 쪽으로 시선을 맞추었다. 그리고 제3부 '우리'에서는 공동체에 무게중심을 둔 반면, 마지막 장인 '나'에서는 자아를 치밀하게 들여다보았다. 특히 '나' 자신의 소중한 가치를 잊기 쉬운 오늘의 세계이기에 소중한 가치를 담아 전하고 싶었다. 이를 통해 자칫 뜬구름 잡는 이야기처럼 느껴지는 인권문제를 재인식하는 기회가 되었으면 하는 바람이다.

이 책의 주인공인 영화 이야기를 좀 더 해보자. 이 세상에 작은 영화나 작은 배역은 없다고 한 배우 마이클 키튼은 이렇게 말했다. "나는 매우 감성적인 사람이다. 그래서 택시를 놓쳐도 목 놓아 울고, 옷깃에 살이 스쳐도 기분이 몹시 상한다. 바로 이런 것들이 나의 인생을 훨씬 윤택하게 만든다." 또, 남들이 지나쳐온 소재를 발굴해 세상에 선보이는 게 감독의 책무라고 한 스티븐 스필버그는 "죽음 후에 우리를 괴롭힐 유일한 것은 지금 여기서 우리가 보여주지 않은 사랑이다"라고 말했다.

　이 두 명의 위대한 영화인들은 심각하고 거대한 이야기보다 소소하고 보잘것없는 사건들에 주목했다. 작은 것이 지닌 가치를 알아보고 보듬는 일도 이른바 '거대 담론'만큼이나 소중하기 때문이다. 눈과 귀를 즐겁게 하는 블록버스터도 즐기지만 일상성 영화들에도 눈을 돌리는 관객이 필요한 법이다. 이 책도 그런 관객과 독자 여러분 덕택에 출간될 수 있었다. 부디 책에서 소개하는 영화 한 편 한 편에, 온갖 사소한 인물과 이야기에 애정을 듬뿍 실어 감상해주시길 바란다.

　영화에 대한 애정은 어떻게 시작될까? 이제껏 수많은 영화를 보아오면서 깨달은 평범한 이치는 이렇다. 눈이 오나 비가 오나 바람이 부나, 장르 불문하고 줄기차게 보아야 한다. 그리고 영화의 작품성과 예술성, 배우들의 연기에 날카로운 메스를 들이대기 전에 감독의 연출 의도를 이해하려는 노력이 우선되어야 한다. 이렇게 애정 어린 시선으로 보고 또 보다 보면 어느 순간 영화의 세세한 요소들과 숨어 있던 상장들이 말을 걸어올 것이다

　성공회대학교 신학연구소의 지원을 받아 얼마 전 '인권영화모임'을 발족했다. 몇 년 전에 이미 시작된 모임을 발전시킨 것이지만 학교의 지원을 받아 활동하게 되어 더욱 뿌듯하다. 앞으로 이어질 일을 생각하면 황차 '오래된 미래'라 해도 좋을 듯싶다. 책이 나올 수 있게 영감을 준 '인권영화모임' 구성원 여러분께 감사드린다. 또, 부족한

책을 빛을 보게 해준 비채에도 감사드린다. 마지막으로, 책의 목적과 관련해 꼭 하고 싶은 말이 있어 옮겨본다.

세계인권선언 25조 1항: 모든 사람은 의식주, 의료 및 필요한 사회 복지에 의해 자신과 가족의 건강 및 복지에 충분한 생활수준을 유지할 권리를 가지며, 실업, 질병, 심신장애, 배우자의 사망, 노령 기타 불가항력에 의한 생활불능의 경우에는 보장을 받을 권리를 가진다.

박태식 신부 손모음

• 본 도서에 실린 주요 영화의 정보는 '감독, 제작국가, 개봉 시기, 상영시간' 순으로 밝혔으며, 한국 개봉 제목이 원작과 다르거나 원제를 밝힐 필요가 있을 경우, 원작의 제목을 병기하였습니다.
• 영화의 제목과 배우의 이름은 국립국어연구원의 외래어표기법을 따르되 한국 내 인지도를 고려하여 표기하였습니다.

지금

폭력의 냄새 14
〈한공주〉 & 〈도희야〉

왜냐하면, 그것이 옳은 일이니까요 24
〈트래쉬〉

누구의 책임인가? 33
〈스포트라이트〉 & 〈업사이드다운〉

가끔은 잘못 탄 기차가 진짜 목적지에 데려다준대요 44
〈런치박스〉 & 〈부에노스아이레스에서 사랑에 빠질 확률〉

Vis Ta Vie, 너의 삶을 살아라! **51**
〈마담 프루스트의 비밀정원〉 & 〈미스 리틀 선샤인〉

경계가 열리다 60
〈스파이 브릿지〉

이야기가 이긴다 68
〈러시안 소설〉 & 〈10분〉

여기

지도자의 조건 80
〈우리에겐 교황이 있다〉

인생에 대한 의리 87
〈인사이드 르윈〉 & 〈비긴 어게인〉

천국에서 보낼 30분 95
〈무뢰한〉 & 〈악마가 너의 죽음을 알기 전에〉

꿈꾸는 여성들 104
〈해어화〉 & 〈사의 찬미〉

증명해봐, 네가 아직도 쓸모 있는지. 111
〈차이나타운〉 & 〈조이 럭 클럽〉

전쟁, 무고한 자들의 지옥 118
〈1944〉 & 〈고지전〉

국가가 국민의 근본 권리를 침해한다면 124
〈집으로 가는 길〉 & 〈변호인〉

우리

과거는 힘이 세다 134
〈국제시장〉

민중의 소리가 들리는가? 142
〈당통〉 & 〈페어웰 마이 퀸〉

영화를 이해한다는 것은 149
〈비우티풀〉 & 〈바벨〉

당신과 나의 마지막 사중주 156
〈마지막 4중주〉

혈연을 넘어 미움을 넘어 164
〈그렇게 아버지가 된다〉 & 〈가족의 탄생〉

내 인생이 기쁠 수 있었던 까닭은 172
〈마더 데레사의 편지〉 & 〈마더 데레사〉

나

죽음의 순간, 우리는 무슨 생각을 할까 182
〈안녕 헤이즐〉 & 〈나우 이즈 굿〉

다른 사람의 도움은 필요 없어요 191
〈조이〉 & 〈룸〉

버드맨은 살았을까, 죽었을까? 200
〈버드맨〉

절대고독 208
〈마션〉

나를 잃어버린 내 인생 215
〈스틸 앨리스〉 & 〈어웨이 프롬 허〉

인간, 고독한 우주의 중심 225
〈그래비티〉 & 〈프로메테우스〉

안나 혹은 이다 233
〈이다〉

지
금

폭력의
냄새

〈한공주〉 & 〈도희야〉

고대 이집트의 파라오는 두 개의 왕관을 겹쳐 썼다. 하나는 지상 이집트를 관장하는 관이고 다른 하나는 하늘 이집트를 상징하는 관이다. 말하자면 파라오에겐 하늘의 질서를 세상에 구현해야 할 책임이 있었다는 뜻인데, 덕분에 그는 종종 하늘의 명령에 절대복종하는 노예처럼 그려지기도 한다. 이집트가 그만큼 엄격한 도덕국가였다는 증거로 받아들일 수 있겠다. 하늘의 준엄한 명령은 파라오에게만 주어진 것은 아니었다. 재상을 임명할 때에도 다섯 가지 원칙이 있었다. 안면 있는 사람을 모르는 이처럼 대할 것, 가까운 사람을 멀리 있는 이처럼 대할 것, 청원자는 어떤 경우라도 피하지 말 것, 처벌을 할 때에는 반드시 그 이유를 밝힐 것, 그리고 어떤 사람이 누군가를 두려워하면 그에게서 폭력의 냄새를 맡아볼 것.

오늘날 대한민국에 사는 사람이라면 이 원칙 하나하나에 공감할 것이다. 국무총리 후보자든 장관 후보자든 청문회에 나서기 두려워 벌벌 떤다는 말까지 들으면 더욱 마음이 아파진다. 그중에서도 마지막 원칙은 대단히 중요한데, 약자에게는 스스로 자신을 방어할 능력이 없음을 알아두라는 뜻이기 때문이다.

2014년, 비슷한 주제를 가진 두 편의 한국영화가 개봉했다. 바로 〈한공주〉와 〈도희야〉이다. 짧은 간격을 두고 개봉한 까닭에 이어서 보는 묘미가 있었지만 주제에 접근하고 이야기를 풀어나가는 방식은 무척 달랐다. 한국 사회에 만연한 '약자에 대한 폭력'을 어느 각도에서 바라보고 어떤 해법을 찾아야 하는지 서로 다른 입장을 보인 것이다.

물론, 공통점도 있었다. 영화 곳곳에 충격적인 장면을 넣은 것인데, 관객에 따라서 이 장면을 거북해할 수도 있겠다. 안 그래도 부담스러운 영화인데 꼭 그렇게 섬뜩한 장면까지 포함시켜야 했을까? 서구에서 1860년대 이후 등장한 진취적인 예술가들은 눈이나 귀를 즐겁게 하는 형식적인 미美에서 벗어나려 했고, 그와 더불어 창작이란 기존의 형식을 벗어나 관객과 독자를 당황하게 만들어야 한다는 정의가 힘을 얻었다. 후기 인상주의의 등장과 이를 이론적으로 뒷받침하는, 창작에 대한 보들레르의 주장이다. 〈한공주〉와 〈도희야〉는 오늘날 우리나라에서 벌어지는 일들이 얼마나 당황스럽고 끔찍한지 극적으로 알려준다. 충격은 언제나 필요한 법이다.

도희야

우리는 종종 원래 의도하지 않았던 상황으로 일이 번지는 난처한 경우에 놓이곤 한다. 그러다 보면 그 일이 어디서 어떻게 시작되었는지는 희미해지고 단지 어려운 뒤처리만 남아 골치를 썩기도 한다. 원인은 사라지고 결과만 보이는 것. 따라서 귀찮아 보이는 일에는 아예 발을 들여놓지 않는 게 상책이라고들 이야기한다. 하지만 어디 세상만사가 맘대로 돌아가던가? 〈도희야〉정주리 감독, 한국, 2013년, 120분에서 영남배두나의 경우가 그렇다.

경찰대학교까지 나와 안전한 출세길이 보장되어 있던 영남은 바닷가 시골마을 파출소장으로 좌천된다. 그녀가 좌천된 이유가 워낙 민감한 것이기에 그저 한 1년간 시골에서 배를 깔고 납작 엎드려 있어야 할 팔자였다. 그런데 부임 첫날 도희김새론를 만나면서 그만 일이 묘하게 꼬이고 만다. 도희에게서 누구도 부인할 수 없는 폭력의 냄새가 진하게 풍겼기 때문이다. 그런데 마을 사람들은 도희에게서 나는 냄새를 맡지 못하고 있었다. 아니, 뻔히 알면서도 일부러 모른 체했다는 편이 옳을 것이다.

마을의 실제적인 힘은 용하송새벽가 틀어쥐고 있어 누구도, 심지어 경찰들도 그의 비위를 건드리지 않는 게 상책이라 여긴다. 용하는 마을의 실질적 주인답게 안하무인격으로 폭력을 행사한다. 도희는 바로 용하와 재혼했다가 도망친 여인의 딸, 즉 용하의 의붓딸이다. 그러니 도희를 돕겠다고 나선 영남의 선택은 처음부터 위험한 것이었는지 모른다.

정주리 감독은 〈도희야〉에서 폭력이 갖는 속성을 여실히 고발한다. 폭력의 끝에는 늘 지배욕과 탐욕이 자리하고 이를 만족시키느라 무자비한 행동들이 아무런 반성 없이 동반된다. 그리고 폭력의 반대편에는 잔인하게 당해야만 하는 약자가 서 있다. 배우 송새벽은 평소 우스꽝스러운 역할만 맡아오다 오랜만에 제자리를 찾아 빛을 발한다. 또 한 사람 주목할 인물은 용하의 모친김진구인데, 목이 길게 늘어난 티셔츠에 헐렁한 일바지몸빼를 입고 술 한잔 걸친 채 삼륜 오토바이로 마을을 휘저으며 질주하는 모습은 압권이다. 특히, 이마 한쪽을 장식한 일회용 반창고는 누구의 아이디어인지 모르겠지만 무척 좋았다. 김진구라는 배우는 완벽하게 자신에게 주어진 역할을 소화해 냈다.

한공주

〈도희야〉가 가정 폭력에 시선을 집중한 영화라면 〈한공주〉이수진 감독, 한국, 2013년, 112분는 폭력의 문제를 사회적인 차원으로 넓힌다.

2003년도에 밀양에서 발생한 집단 성폭행 사건. 당시 보았던 TV 뉴스가 여전히 뇌리에 남아 있다. 집단으로 경찰서에 잡혀온 남학생들이 후드 재킷으로 얼굴을 가린 채 구석에 앉아 있었고 바로 그 옆의 책상에는 얼굴이 모자이크처리된, 당시 중학생이던 피해자가 앉아 변조된 목소리로 피해 사실을 증언하고 있었다. 얼마나 끔찍한 광경이던지! 이렇게 무방비로 성폭행을 당한 피해자의 이후 이야기도 상당히 충격적이었다. 가해 남학생들의 부모들이 자기 자식만은 살려내겠다며 여학생을 회유, 협박했고 피해자의 부모에게 돈까지 써 가면서 사태를 유야무야 만들었으며 결국 피해자만 아무런 보호도 받지 못하고 내팽개쳐지고 말았다.

"전 잘못한 게 없는데 왜 제가 도망쳐야 되는 거죠?" 영화 〈한공주〉의 마지막 부분에서 공주천우희가 항의하며 남긴 말이다. 정말이지, 왜 잘못한 것도 없는 공주가 피해 다녀야만 할까? 영화 도입부에 전철을 탄 공주가 서울에서 인천으로 빠져나가면서 한강철도의 주변 풍경이 잔잔하게 지나쳐가는 장면이 나온다. 강물이 그저 무심하게 흘렀던가? 하지만 그때까진 무심하게 흐르던 강물이 공주의 맘에 어떤 풍랑을 일으켰는지 알기에는 충분치 않았다. 마지막에 이르러서야 비로소 왜 공주가 25미터 거리의 수영 연습에 집착했는지, 왜 친구 중 하나가 "25미터를 가봐야 벽이잖아" 하면서 공주의 집착을 비아냥거렸는지, 왜 친구 화옥김소영이 비참하게 생을 마감했는지 알 수 있었다. 무심한 강물이 무심해 보이지 않는 순간이었다. 감독의 복선은 거기에서 그치지 않는다.

공주는 주변의 시선에서 완전히 안전하지 못했다. 어떻게 해서든 살아남기 위해 자신의 생명줄을 잡은 어른들에게 기대야 했다. 여기서 비극적인 대목은 어른들 중 누구 하나 공주의 생명에 관심이 없었다는 점이다. 아마 공주에게 그런 끔찍한 일이 없었다면 어른들은 그녀에게 훨씬 관대한 입장을 보여줄 수도 있었으리라. 그러나 구체적인 내용을 안 이상, 깊이 관여했다간 자칫 자신도 다칠지 모른다는 공포심에 공주를 밀어내고 만다. 공주에게 누구보다 호의적이었던 친구 은희정인선와 조여사이영란도 예외는 아니었다. 이수진 감독은 적절한 장면설정과 인물대비, 시점혼합時點混合을 통해 주제의식을 부각시키면서 이야기를 늘어짐 없이 이끌었다. 신인 감독임에도 상당한 연출력을 보여주었다.

약자의 목소리

두 영화를 보면서 자연스럽게 이창동 감독의 〈시〉2010가 떠올랐고, 조금 멀게는 조너선 카프란 감독의 〈피고인〉1988이 생각났다. 사건을 풀어가는 방법에는 차이가 있으나 근본에 흐르는 연출 동기는 같다. 시간이 흐르면서 어느 사이엔가 피해자의 목소리는 사라지고, 수시로 변하는 주변 조건만 남는다는 것. 피해자가 어리면 어릴수록 그런 현상은 두드러지기 마련이다.

여건이 변하면서 한공주 자신의 목소리도 슬금슬금 사라지고 말았다. 그녀는 아무도 자신을 알지 못하는 학교로 전학가야 했고, 후배 부탁으로 잠시 받아주기는 했지만 재단의 눈치도 봐야 한다면서 공주를 학교에서 내보내는 교장의 입장까지 받아들여야 할 처지에 놓인다. 심지어 '네가 꼬리를 쳐서 이런 일이 터진 게 아니냐'며 공주를 궁지로 모는 가해 남학생들의 부모와, 갈 곳 없이 도망치듯 거리로 내몰린 공주에게 합의서에 도장을 찍으라는 경찰서장에 의해 공주의 목소리는 묻혀버린다. 그렇다면 도대체 어디에서 그 절박한 목

소리를 들을 수 있을까?

도희는 영남을 자신의 진정한 보호자로 여긴다. 그러나 영남 또한 조금씩 흔들린다. 비록 옳은 선택을 했지만 계속 자신의 선택에 불안해했고 마침내 그 불안은 현실로 나타난다. 동성애와 무사안일한 공권력, 불법체류 중인 외국인노동자의 인권문제까지 겹쳐지면서 상황은 악화일로를 걷는다. 집으로 돌아오는 차 안에서 도희에게 전해진 소식은 영남이 다른 근무지로 전출되어 간다는 것과 구속되었던 용하가 풀려나 집에서 기다리고 있다는 것이다. 이제 도희는 어떻게 해야 할까?

내가 근무하는 곳은 정신지체 3급 장애인들이 모여 일하는 보호작업장이다. 여기에 있다 보면 별별 일이 다 생긴다. 한번은 영애_{가명}가 낙태수술을 받았다는 말을 들었다. 뜻밖의 소식이라 자세히 물었더니 이미 여러 차례 같은 일이 있었다고 했다. 동네의 불량한 청년들이 상황 파악 능력이 떨어지는 영애를 강간한 결과였다. 전임자인 유신부님은 밤에 잠복했다가 그놈을 잡아 파출소에 데리고 갔다. 그랬더니 경찰 왈, 상호간에 맘이 맞아서 그리된 일이니 자신들의 소관이 아니라는 것이었다. 그리고 정신박약아들을 위해 계속 수고해달라는 맘에 없는 인사말도 덧붙였다.

'정신박약아'라니? 이게 도대체 언젯적 이야기인가? 이 모욕적인 단어가 '지적장애인'이라는 말로 대체된 지 이미 오래이고, 지금은 모든 인간은 다들 나름의 약점이 있다고 보아 장애인/비장애인으로 나누는 것조차 경계하는 추세인데 아직도 '정신박약아'라는 말을 쓰고 있으니……. 아무리 크게 소리 질러도 듣는 귀가 막혀 있으면 소용 없는 법이다.

이집트의 재상 앞으로 어떤 사람이 나온다. 그의 목소리에는 자신이 없고 몸은 부들부들 떨며 불안하게 눈치를 살피고 있다. 그러면서 정작 본인은 아무 일 없다고 말한다. 재상은 그의 태도에서 두려움과 폭력의 냄새를 맡아야 한다. 그러지 못하면 재상이 될 자격이 없다. 공주와 도희의 이야기는 바로 지금, 이곳에서 벌어진 비극이다. 따라서 우리에게는 이 영화들을 볼 책임이 있다. 그래야 약자들이 내쉬는 조그만 숨소리라도 들어볼 수 있지 않겠는가. 폭력은 언제나 우리 가까이에 있다.

〈한공주〉와 〈도희야〉는 아무 데서도 소리 낼 수 없고 누구에게도 들리지 않는 두 소녀의 현실을 고발한다. 그 고발의 부르짖음이 어느 정도 들렸는지 로테르담 국제영화제와 도빌아시아영화제와 부산 국제영화제에서 〈한공주〉에게 상을 안겨주었다. 그리고 〈도희야〉는 칸 영화제에서 '주목할 만한 시선'으로 선정되었으니 소기의 성과를 거둔 셈이다. 아마 심사위원들이 영화의 색다른 결론에서 폭력에 항거하는 메시지를 읽었기 때문이리라. 영화가 갖고 있는 긍정적인 힘이 드러난 것이다. 이집트 재상의 마음으로 이웃의 목소리에 귀를 기울여보자. 도희와 공주의 이야기가 우리 모두에게 들릴 때까지!

———○ #폭력의반대면 #권력의의무는약자를바라보는것

왜냐하면,
그것이
옳은 일이니까요

〈트래쉬〉

세계인권선언 25조 1항: 모든 사람은 의식주, 의료 및 필요한 사회
복지에 의해 자신과 가족의 건강 및 복지에 충분한 생활수준을 유지
할 권리를 가지며, 실업, 질병, 심신장애, 배우자의 사망, 노령 기타
불가항력에 의한 생활불능의 경우에는 보장을 받을 권리를 가진다.

"왜 이 일을 하는 거지?"
"옳은 일이니까요."

영화 〈트래쉬〉스티븐 달드리 감독, 영국, 2014년, 113분의 중반부에 나오는 대
사다. 이 대사가 나오는 장면부터 영화의 주제의식이 선명하게 드러
나니, 〈트래쉬〉는 옳은 일 하는 사람들을 보여주기 위해 만든 영화인

셈이다. 그렇다면, 이 대화에서 이야기하는 '옳은 일'이란 과연 어떤 것일까? 궁금증을 잠시 접어두고 영화 밖의 상황을 살펴보자.

브라질 그리고 쓰레기 마을

〈트래쉬〉의 배경인 브라질은 한때 남미에서도 유명한 부패 국가였다. 1964년 군사 쿠데타로 정권을 잡은 브랑쿠 장군은 독재 체제를 구축했고, 친미 반공 정책과 외자 유치를 통해 공업화 정책을 추진하였다. 공업화 정책을 통해 '브라질의 기적'이라 부를 정도의 고도 경제 성장이 가능했지만 1973년 오일쇼크 이후 나라 경제가 형편없이 망가지고 말았다. 양극화가 뚜렷해지고 인권유린이 극에 달했으며 범죄율이 급속히 상승했다. 군사 쿠데타가 일어난 국가들의 전형적인 모습이라 하겠다. 그리고 1985년, 정치적으로는 민정이양이 되었지만 계속되는 인플레이션과 부정부패를 막지 못해 세계적으로 자원이 가장 풍부한 동시에 빈곤한 나라라는 오명에서 벗어날 수 없었다. 2003년 노동자당의 루이스 이나시우 룰라 다 시우바 대통령간단히 룰라 대통령이 취임해 브라질을 바꾸기 전까지는 말이다.

영화에는 거대한 쓰레기 매립장이 나온다. 대형 트럭이 도시에서 배출되는 쓰레기를 쉼 없이 던져놓고 가는 곳이다. 그러다 보니 쓰레기는 어마어마한 산을 이루고 악취를 풍긴다. 그런데 도저히 못 견딜 것 같은 환경의 쓰레기 매립장에 많은 사람들이 모여 마을을 이루고 산다. 그들이 모여든 이유는 쓰레기 더미 속에서 무엇인가 값나가는 것을 찾아 생계를 이어나가는 데 있다. 이렇게 열악한 생활을 하는 사람들에겐 병원도 학교도 허락되지 않는다. 부패한 정치가들에게 쓰레기 매립장의 힘없는 사람들 따위는 안중에 없기 때문이다. 그저 자신들의 이득만 챙기며 나라의 돈이란 돈은 모두 쓸어갈 뿐이다.

브라질의 대도시 리우 데 자네이루 근교 베할라에 자리한 쓰레기 마을. 그곳에서 일하는 14세 소년 라파엘릭슨 테베즈에게 어느 날 큰 사건이 생긴다. 쓰레기 매립장에서 우연히 주운 지갑 속에 엄청난 비밀이 숨어 있었던 것이다. 지갑을 발견한 날 고위 경찰 간부 카를로스호세 뒤몽가 쓰레기장에 나타나면서 사태는 걷잡을 수 없는 지경으로 빠진다. 지갑 속의 비밀이란 부패한 시장 산토스를 살릴 수도 죽일 수도 있는 단서이다. 이때부터 영화는 스릴러로 바뀌고 다양한 재미를 선사한다.

시장의 오른팔로 온갖 궂은일을 도맡아 하던 호세 안젤로와 그녀 모라가 시장의 돈과 뇌물공여자 명단을 빼돌리자 시장은 호세를 찾으려고 카를로스에게 특명을 내린다. 돈과 장부를 찾아오고 호세를 죽이라는 것. 생명의 위협을 느낀 호세는 돈과 장부를 절묘한 곳에 숨기고 단서를 지갑 안에 넣어두는데, 경찰이 그의 아파트를 급습하는 바람에 지갑만 쓰레기차에 던지고 자신은 체포되고 만다. 그리고 그 지갑이 결국 라파엘의 손에까지 들어간 것이다. 목숨이 위태해진 라파엘은 친구 가르도에두아드로 루이스와 '시궁쥐' 가브리엘가브리엘 와인스타인에게 도움을 청하고, 세 소년은 위험천만한 모험을 떠난다. 사람의 목숨, 특히 쓰레기장에서 살아가는 사람 따위는 인간 취급도 하지 않는 악마적인 세력과 용감하게 맞서기 위해.

진실의 목소리를 들으려면

영화는 두 가지 점에서 볼만하다. 먼저, 열악한 브라질 빈곤층의 충격적인 생활 묘사이다. 그들은 대도시에서 배출되는 쓰레기와 다름없는 삶을 산다. 쓰레기장 바로 옆 움막을 거처로 삼고 폐수가 흐르든 개천에 몸을 담근다. 그러니 피부병이 생기는 게 당연하고, 병을 얻으면 시궁창으로 내쫓기고 만다. '시궁쥐'라는 별명이 괜히 생긴 것이 아니다. 그러니 그곳에서 사람 몇 명이 죽어간들 누가 신경이나 쓰겠는가? 특히, 영화에 등장하는 산토스 시장의 호화판 저택과 비교해보면 브라질의 양극화가 얼마나 심각한지 한눈에 알 수 있다.

타락한 부패 구조는 브라질 국민 모두를 촘촘히 엮어 숨을 쉬지 못하게 만들어버렸다. 여기에 가장 앞장선 자들은 경찰이다. 자신들의 임명권을 가진 정치가를 등에 업고 있으니 그들의 개가 될 수밖에. 공포정치가 판치는 셈이다. 따라서 국민의 진솔한 목소리를 들으려면 다른 방법을 찾아야 한다. 여기에서 권력의 통제를 받지 않는 SNS의 긍정적인 힘이 발휘된다. 이들 쓰레기 마을 성당의 주임 신부 마틴 쉰와 미국에서 온 자원봉사자 올리비아루니 마라가 그 역할을 담당한다. 지하 언론의 힘을 빌려 브라질의 부패를 고발하는 것이다. 오늘날 부패한 정치구조에 맞서는 가장 합리적인 채널로 SNS가 부상했음을 보여준다.

주인공 소년들의 정의감도 눈에 띈다. 그들은 비록 쓰레기 매립장에 살며 정식 교육을 못 받고 의료 혜택도 못 누리지만 누구보다도 순수한 영혼을 갖고 있다. 허락 없이 돈을 가져갔으나 반드시 그 돈을 갚고, 위험에 빠진 여성을 존중하며, 정의가 무엇인지 이해하면서 그 일에 생명을 건다. 그리고 복수할 기회가 주어지지만 적을 용서하기까지 한다. 좌절이 아니라 희망을 발견하게 해주었다는 점에서 〈트래쉬〉는 칭찬받을 만하다. 감독은 아마 다음과 같은 말을 하고 싶었을 것이다. '심각한 부정부패와 끔찍한 불평등 속에서도 브라질의 정신은 여전히 살아 있다.'

앞서 설명한 룰라는 다들 알다시피 매우 훌륭한 대통령이다. 그가 걸어온 길을 짧게 훑어보아도 어떤 사람인지 대충 짐작할 수 있다. 어릴 때부터 거리에서 장사를 하느라 초등학교도 나오지 못했고 구두닦이와 선반공 등 안 해본 일이 없다고 한다. 심지어 선반에 손가락이 잘려나가기까지 했다. 그는 어린 시절 남이 씹다 버린 껌으로 배를 채우기도 한 밑바닥 중 밑바닥 인생이었다. 하지만 노동운동에 뛰어들면서 그의 인생은 바뀌었고 결국 대통령에까지 이른 입지전적인 인물이다. 룰라는 대통령을 연임했고 그의 재임시절 국가부채를 모두 갚았으며 브라질을 세계 8위의 경제대국으로 올려놓았다. 〈트래쉬〉의 주인공 라파엘이 누구를 모델로 하는지 금세 알 수 있는 대목이다.

사실 스티븐 달드리는 〈빌리 엘리어트〉2001에서 보여주었듯 따뜻한 희망을 제시하고 〈더 리더〉2008에서처럼 사태의 본질을 파악할 줄 아는 감독이다. 독무를 추고 난 빌리 엘리어트제이미 벨가 자신의 춤에 대해 진솔하게 설명하는 부분과 〈더 리더〉의 주인공인 한나케이트 원슬렛가 자살하는 장면이 그 재능을 잘 보여준다. 거기에 더하여 〈빌리 엘리어트〉에서 영국 광산노동자들의 삶을 화면에 세련되게 담은 것도 인상에 남는다. 〈트래쉬〉의 마지막 장면에 세 소년이 해변에서 천진난만하게 뛰노는 장면과 소년들의 독백을 담은 비디오 필름은 스티븐 달드리의 연출 성향을 잘 보여준다.

〈트래쉬〉는 앤디 멀리건의 2010년 베스트셀러 《안녕, 베할라》를 각색한 영화다. 이 소설은 세계적으로 인기를 끌어 12개국에 번역된 바 있다. 감독은 소설을 영화로 만들면서 구성은 스릴러에, 내용은 고발성에 중심을 두었다. 세 소년은 비록 가난하고 무식하지만 천성이 낙천적이라 자신들에게 닥친 두려움을 극복할 줄 안다. 그래서 매순간 기지를 발휘해 위기를 헤쳐나간다. 그 과정이 매우 재미있다. 자신들을 추격하는 부패한 경찰들을 혼내주는 일이며 부자 시장의 집에 몰래 잠입해 중요한 정보를 캐오는 일이며 수시로 저희끼리 의견대립을 하면서 길을 찾는 과정이 손에 땀을 쥐게 만든다.

난지도의 기억

가끔씩 차를 타고 난지도 옆길을 지난다. 일산이나 파주에서 일을 보기 위해 상암동 월드컵경기장길을 들어서면 왼쪽에 거대한 언덕

들이 보인다. 한때 대도시 서울에서 나온 생활쓰레기를 모으는 쓰레기 집하장이었는데 그 위에 흙을 덮어 조성한 난지도 공원이다. 15년 동안 쌓인 쓰레기는 산을 만들었고 그곳에서 생계를 이어가는 사람들을 돌보는 손길은 미약했다. 개발독재의 어두운 그림자였다. 소설가 정연희가 쓴 《난지도》의 한 구절처럼 '그 산에 살아 있는 것이 있다면 썩어가는 일과 썩어가는 냄새뿐이었다.'

2002년 월드컵 유치에 맞춰 1991부터 1996년까지 추진된 매립지 안정화 계획에 따라 공원이 조성된 지도 벌써 20년이 되어간다. 하지만 그 길을 지나갈 때면 과거의 풍경이 떠오른다. 영화 〈트래쉬〉를 보면서 그때의 냄새가 머릿속에 되살아났다. 그때 그 난지도 주민들은 지금 어디 있을까? 여전히 쓰레기장을 맴돌고 있을까? 그들에게 주어진 국민의 기본권은 지켜지고 있을까?

부패한 정치가들은 돈과 권력만 손에 쥘 수 있다면 어떤 수치심도 뛰어넘는 두꺼운 얼굴을 갖고 있다. 후안무치라고 하던가. 지난해 4월에 어느 사업가가 특별한 메모를 남기고 자살했다. 자신과 오랫동안 상부상조한 친구들의 배신으로 인한 억울함을 항변하는 죽음이었다. 메모에 거론된 당사자들은 그와 특별한 관계가 아니라며 시치미를 뗐고, 모든 게 음모라고 주장하기도 했다. 반성은커녕 자신이 빠져나갈 길에만 연연했다. 그것이 대한민국의 현실이라면 이처럼 부패한 자들에게 우리의 운명을 맡길 수는 없으리라.

〈트래쉬〉가 고발하는 브라질의 현실은 우리에게도 그리 먼 이야기가 아니다. 영화 마지막에 줄리어드 신부가 올리비아 수녀에게 묻는다.

"왜 녀석들은 위험을 감수하고 이 일을 했을까?"

"옳은 일이기 때문이라고 하던데요."

감독은 올리비아의 대답을 통해 다시 한번 영화의 주제의식을 부각시킨다. 관객이 극장을 나설 때 담아두어야 할 말을 마지막으로 점검한 친절한 연출이다.

남미 국가들 대부분은 과거 군사 쿠데타로 인해 쓰라린 독재를 겪었다. 하지만 민중의 힘은 이들을 몰아냈고 사회주의 정권들이 들어서기 시작했다. 그들 중에서 '세계에서 가장 가난한 대통령'으로 잘 알려진 우루과이의 호세 무히카 대통령이 브라질에서 한 연설문의 일부를 소개한다.

이곳에 오신 정부 대표와 관계자 여러분 모두에게

감사 인사를 전합니다.

저를 초청해주신 브라질 국민과

지우마 호세프 대통령에게도 감사드립니다.

…

우리 앞에 놓인 큰 위기는 환경의 위기가 아닙니다.

그 위기는 정치적인 위기입니다.

현대에 이르러 우리는

인류가 만든 이 거대한 세력을 통제하지 못하고 있습니다.

도리어, 이 같은 소비사회에 통제당하고 있다는 것입니다.

우리는 발전을 위해 태어난 것이 아닙니다.

우리는 행복하기 위해 지구에 온 것입니다.

인생은 짧고 바로 눈앞에서 사라지고 맙니다.

생명보다 더 귀중한 것은 존재하지 않습니다.

대량소비가 세계를 파괴하고 있음에도

우리는 고가의 상품을 소비하는 생활 방식을 유지하기 위해

인생을 허비하고 있습니다.

소비가 사회의 모토인 세계에서 우리는 계속해서 많이

그리고 빨리 소비해야 합니다.

소비가 멈추면 경제가 마비되고 경제가 마비되면

불황이라는 괴물이 우리 앞에 나타납니다.

대량소비를 지속하기 위해서는 상품의 수명을 단축해야 하고

가능한 한 많이 팔도록 해야 합니다.

여러분은 우리가 악순환에 갇혀 있다는 것을 알고 계십니까?

누구의 책임인가?

〈스포트라이트〉 & 〈업사이드다운〉

요즘 한국 언론에 대한 이야기가 많이 오간다. 긍정적인 평가보다는 대체로 부정적인 이야기들인데, 그만큼 우리나라에서 언론이 제 역할을 못 찾고 있기 때문일 것이다. 심지어 '언론은 정부의 피아노가 되어야 한다'고 말한 바 있는 나치스의 선전장관 파울 요제프 괴벨스가 생각날 정도이다. 하이델베르크 대학 철학박사로 당대 최고의 지식인이었던 그는 히틀러에게 선택되면서 선전언어의 마술사역할을 했다. 그러다 보니 사람의 마음을 움직이는 언론의 속성을 잘파악한 대중 선동가가 되어 수많은 전쟁범죄를 낳게 만들었다. 지금살펴볼 영화에서도 같은 원칙이 적용된 현장을 만날 수 있다.

가톨릭 사제들의 아동 성추행! 지금은 널리 알려졌지만 처음 보도

되었을 때만 해도 엄청난 파란을 일으켰다. 그 어떤 종교인보다 점잖은 분들로 알려진 신부들이 그런 얼토당토않은 짓을 저지르다니! 그런데 이런 사건이 비단 한 지역교구에 국한되지 않았던 모양이다. 사건의 범위가 점점 넓어지더니 이제 전 세계 거의 모든 나라에서 같은 일이 벌어졌다는 사실을 확인한 것이다. 그 결과 가톨릭교회는 피해 보상을 하느라 진땀을 흘렸고 심지어 미국 LA 교구는 교구 재정이 파산하는 최악의 사태를 맞았다. 〈스포트라이트〉토머스 맥카시 감독, 미국, 2015년, 128분는 그 시발점에 있던 한 언론사의 취재와 보도 과정을 다루고 있다. 2003년 당시 미국 전체를 뒤흔든 최고의 특종을 영화로 재탄생시킨 것이다.

스포트라이트

여느 언론사가 그렇듯 보스턴글로브Boston Glove의 특종팀도 이슈가 될 만한 사건을 찾고 있었다. 그때 마티리브 슈라이버가 새 편집장으로 부임하면서 가톨릭 사제들의 아동 성추행사건을 다뤄보자고 제안하고 즉시 특종팀이 꾸려진다. 월터마이클 키튼를 팀장으로, 마이크마크 러팔로, 샤샤레이첼 맥아담스, 맷브라이언 다아시 제임스 등 네 사람이 팀의 구성원으로 모인다. 이들 넷은 자료조사와 더불어 관련자 증언을 수집하고 같은 사건을 다룬 검사뿐 아니라 보스턴 교구장인 로우 추기경도 만난다. 조사가 진행되면서, 특종팀은 이 사건이 몇몇 사제의 문제가 아닌, 조직적인 차원에서 조작되고 있다는 사실을 밝혀내야 한다. 성추행한 사제의 수가 보스턴 교구에만 70명 이상이고 이 정도 숫자면 막강한 배후세력의 비호 없이는 불가능한 일인 것이다.

영화는 기본적으로 스릴러이다. 뚜껑이 하나씩 열리면서 사건은 심각한 국면으로 접어들고, 핵심에 다가갈수록 거대한 적의 실체를 깨닫는다. 그사이 매번 결단의 순간이 주어지는데, 보스턴글로브 특종팀의 장점은 포기를 모른다는 것이다. 영화에서는 구체적으로 성추행이 이루어지는 현장을 재현하거나 추기경이 배후에서 사건을 눈감아주고 조작하는 대목을 담지는 않는다. 그저 특종팀이 자신들이 세운 매뉴얼에 따라 차례차례 조사해나가고 특종 기사가 실린 신문이 가판대에 나오기까지의 과정만을 건조하게 그리고 있을 뿐이다. 가능한 한 객관적으로 사건을 표현하려 노력한 것이다. 그런데도 감독과 제작자의 의도가 정확히 맞아떨어져 몇몇 암시들만으로도 사건의 심각성을 충분히 알아차릴 수 있었다. 만일 사건에 대한 사실적 묘사에 힘을 쏟았다면 영화의 초점이 흐려졌을지 모른다. 제88회 아카데미상에서 〈레버넌트〉, 〈룸〉, 〈마션〉 등 쟁쟁한 영화들을 물리치고 작품상과 각본상을 거머쥔 데에는 그럴 만한 이유가 있다.

〈스포트라이트〉의 연출이 훌륭한 게 사실이지만 영화의 원래 목적이 단지 사건을 냉정하게 재구성하는 데에 머물지는 않는다. 이번에는 가톨릭교회의 모순을 고발하는 대목에도 집중해보자. 가톨릭교회는 지난 2천 년 동안 하느님의 대변자로 자처해왔고, 교인들의 신앙을 담보 삼아 상식을 무시한 행동을 해왔으며, 문제가 생길 경우 외부적으로는 쉬쉬하며 내부적으로는 가벼운 징계를 내리는 것에 머물렀다. 말하자면 사실을 축소하고 왜곡한 셈이다. 그래도 어쩔 수 없었던 이유는 교회가 지역에 군림하면서 점차 지역 전체가 오히려 교회를 보호하도록 하는 강력한 체제 유지 구조를 만들어냈기 때문이다. 보스턴은 미국의 거대도시이지만 가톨릭교회의 입장에서는 교회가 실권을 장악한 지역 교회였다. 로우 추기경의 말에 따르면 보스턴은 작은 마을일 뿐이다. 특종팀이 부딪친 최대의 장애물은 바로 그러한 사고방식이었다.

사제들에게 인권을 유린당하고 인생마저 망가진 희생자들의 증언을 모으는 작업이 영화의 진수였다. 특권 의식에 물든 사제들은 어린 복사미사에서 사제를 돕는 소년들을 장난감처럼 다루었고, 그에 대해 양심의 가책 또한 느끼지 않았으며, 교회는 이를 방조했다. 피해자의 입장에서 보면 양의 탈을 뒤집어쓴 늑대인 셈이다. 그것이 과연 하느님이 만드신 교회의 진정한 모습인가? 영화를 보고 나서도 가톨릭교회의 빗나간 권위의식에 동조하는 사람이 있다면 분명 상식이 없는 사람이리라. 영화의 고발성은 이 대목에서 별처럼 빛난다. 마지막에 올라오는 엔딩 크레딧은 특종 보도 후 사건의 경과를 자세하게 기술한다.

대한민국은 다행히 사건 명단에 없어 사제 성추행 청정지역이라며 안심했다. 그런데 맘 한구석에서 올라오는 불안감은 도대체 무엇일까? 혹 우리나라 가톨릭교회의 힘이 사전에 언론의 모든 고발 시도마저 제압할 정도로 거대하기 때문은 아닐까?

업사이드다운

2014년 4월 16일. 그날을 기억하는 이들이 많을 것이다. 아니, 결코 잊으면 안 되는 날이라고 해야 옳다. 그날 아침 대한민국 국민은 누구나 진도해역에서 치 떨리는 참사를 보아야 했다. 세월호의 침몰로 온 나라가 갈피를 못 잡고 흔들린 날이다. 그때만 해도 당최 정신이 없어 무엇이 어디에서부터 잘못되었는지 감을 잡지 못하고 있었다.

그 후로 꾸준히 후속 조치가 이루어져, 공식적으로는 세월호 참사 진상 규명 및 안전사회 건설 등을 위한 특별법이 제정되었고2014년 11월, 시행령이 공포되었으며2015년 5월 특별조사위 활동이 개시되었고언제인지에 대한 설이 장황하다 제2차 청문회가 2016년 3월 28일에 개최되었다. 하지만 공식적인 절차 규명이 모든 것을 해결해주진 못한다. 밖에서 이 절차들을 바라보는 이들의 시각도 여전히 필요하다. 다시 말해, 공식 절차 외에 세월호 참사에 대한 사회적 인식도 점검해야 하는 것이다. '사회적 인식' 분야에서 특히 영화의 역할이 요구된다. 집중적으로 사태를 파악하는 데 있어 최고의 수단이기 때문이다. 최근 개봉한 〈업사이드다운〉김동빈 감독, 한국, 2015년, 64분에 거는 기대가 그만큼 높은 까닭이다.

우리는 도대체 어디부터 잘못된 것일까. 이 질문으로 다시 돌아가 보자. 영화에서는 가능한 한 다각도에서 원인을 찾아내 참사 발생에 대한 입체적인 그림을 그리려 한다. 그래서 각 분야의 전문가들이 영화에 등장해 자신의 견해를 피력하는데, 희생된 학생들의 아버지들, 인권변호사, 범죄연구 심리학자, 조선/해양 공대 교수, '가만히 있으

"저희가 이 사건을 알릴게요. 정확히 알릴게요."

라' 침묵행진 참여 학생, 국회의원, 한국과 미국의 언론학 교수, 민간 다이버, 비정규직 연대 정책위원장, 희생된 아이들을 가르친 중학교 교사, 그리고 언론인으로 CBS 본부장과 미국 탐사저널리즘 센터장이 출연한다. 덕분에 세월호 참사에 대한 큰 그림을 어느 정도 그릴 수 있었다. 감독이 다큐멘터리의 장점을 십분 발휘한 셈이다.

그렇다면 영화에서 관객이 배운 것은 무엇일까? 유가족들의 타당한 분노, 침몰 원인의 과학적 설명, 아이들과의 아름다운 추억, 사태에 대한 사회심리적인 분석, 언론의 역할, 그리고 국가 시스템에 대한 재고에 이르기까지. 감독은 특히 대한민국이라는 국가 장치를 향해 비판의 목소리를 높인다. '세월호 참사는 사고가 아니라 국가가 국민을 구하지 못한 사건'이라는 주장이다. 〈업사이드다운〉의 기조를 따라가다 보면 자연스럽게 도달하는 결론이다.

세월호를 대했던 우리나라 언론은 특종을 향한 빗나간 욕심에 놀아나고 말았다. 그래서 처음에는 사고 희생자와 그 가족들의 오열에 과도하게 주목하다가, 사건대처에 미흡한 정부 인사들을 한 사람씩 두드려 패다가, 해경의 미숙한 대응을 고발하다가, 희생자들의 시체 인양 소식에 매달리다가, 급기야 유병언 일가의 비리에 주목하더니 마침내 유병언의 소재를 쫓는 데에 온 힘을 쏟았다. 그 즈음에 이르러서는 사건의 본질이 유병언의 도주행각에 묻혀 마무리되는 느낌마저 들었다. 정보와 기동력에서 소외된 국민은 언론 보도에만 촉각을 곤두세울 수밖에 없었다. 세월호 참사를 대하며 원칙 없이 허둥대기는 정부나 언론이나 마찬가지였다. 〈업사이드다운〉은 한국 언론의 비전문성을 잘 부각시켰다.

누구의 책임인가?

영화 〈업사이드다운〉은 사태의 추이를 정밀하게 분석하며 세월호 참사의 맥을 좇다보면 저 밑바닥에서 국가를 만나게 된다고 말한다. 과연 그럴까? 영화를 보면서 눈물도 많이 흘리고 생생한 인터뷰에서 걸러지지 않는 생생한 생각들도 읽어냈지만, 그리고 "내 아이가 죽었다고 해보자. 그래도 이런 식으로 나오겠는가?" 하는 역지사지易地思之 논리로 깔끔하게 마무리 짓기는 했지만 그렇다고 해서 '국가'에 대한 감독의 입장에까지 완전히 동의할 수는 없었다.

과거에는 오늘날과 같은 국가 개념이 없었다. 근대 이후 국가에 대한 재고가 이루어졌으며사회계약설 등, 이런저런 이유로 국가의 개념을 확실히 할 필요성이 대두되었다. 그 과정에서 국가의 관리 범위에 국민의 개인사를 떠넘기기 시작했고, 이제는 아이들의 교육이나 국민의 건강이나 일자리를 해결하고, 결혼, 이혼, 간통, 심지어 불효자 혼내주기와 같은 지극히 사적인 범위까지 국가가 나서서 판단하게 되었다. 이런 식으로 가다가는 개인의 모든 정보를 국가가 소유해 일거수일투족을 감시하는 지경에 이를지 모른다길마다 설치된 수많은 CCTV와 통신 감청 기록을 보라. 그렇다고 해서 근대 이전 상태로 국가를 되돌려야 한다는 뜻은 아니지만 영화를 보면서 느껴지는 대책 없는 답답함은 어쩔 수 없었다. 정확히 말해, 세월호 참사는 국가가 아니라 국가를 책임진 정부, 더 자세히는 정부의 무능한 관료들이 문제였다. 시스템의 책임이 아니라 사람의 책임인 것이다.

미셸 푸코는 "사람들은 국가의 장점과 단점에 대해 환상을 품고 있다"《생명관리정치의 탄생》면서 국가의 통치 합리성에 의문을 제기한다. 다시 말해 국가의 위기관리능력에 회의를 품고 있는 것이다. 〈스포트라이트〉를 보노라면 미국이라는 국가 시스템은 역시 우리나라와 다르다는 느낌이 들지도 모른다. 그러나 국가 시스템이 다른 게 아니라 사람이, 그리고 언론이 달랐던 것은 아닐까. '미국'에서는 무엇인가 국가운영을 잘하고 있으리라는 환상 따위는 버려야 옳을 것이다.

보스턴 지역을 장악하고 마치 작은 나라의 왕처럼 군림했던 가톨릭교회는 정보를 통제했고, 위험을 감지할 때마다 권력을 동원해 위험요소를 없앴으며, 갖가지 교리로 시스템을 군건하게 만들었다. 세월호 사태 이전에도 국가가 제정한 각종 안전장치가 있었고 사태 이후 더욱더 많은 안전장치들이 발의되고 시행령까지 내려졌다. 그러나 언론이 이를 끈질기게 감시하지 않으면 미국이든 한국이든 근본적인 해결은 불가능할 것이다.

언론을 정부의 피아노 취급했던 괴벨스가 국가운영을 하는 데 필요한 원칙 중 하나로 제시한 것이 '거짓과 진실의 적절한 배합이 100퍼센트의 거짓보다 큰 효과를 낳는다'는 것이었다. 요즘 한국은 경제 논리가 모든 사태의 마지막 지점으로 자리 잡고 있다. 그래서 경제가 이 모양인데 정치인들이 싸움만 하고, 북한의 위협이 경제 건전성을 해치고, 메르스를 잡는 데에도 우리나라 경제를 반드시 고려

해야 하고, 중국과 미국의 관계가 우리나라 경제에 미칠 악영향을 걱정한다. 그리고 우리 경제의 발목을 잡고 있는 '세월호 참사'도 이제 그만 잊고 넘어갈 때라고 말한다.

이 땅의 언론을 깨우기 위해서라도 〈스포트라이트〉와 〈업사이드 다운〉 같은 시도가 비단 영화에서뿐 아니라 소설, 시, 음악, 무용 등 모든 예술 분야에서 활성화되어야 할 것이다. 그래서 국민 모두가 세월호 참사를 분명하게 기억하고 있다는 끊임없이 사실을 알려주어야 할 것이다. 국가를 책임지는 정부 관료와 정치인에게!

가끔은 잘못 탄 기차가 진짜 목적지에 데려다준대요

〈런치박스〉 & 〈부에노스아이레스에서 사랑에 빠질 확률〉

나는 아무리 생각해도 도시에서 살 운명이다. 그것도 반드시 대도시에 살 팔자다. 친구들 중에는 도시 생활에 환멸을 느껴 귀촌하거나 아예 귀농도 한다고들 들었다. 어쩌면 그들은 농촌 출신이라 고향에 돌아가기도 쉬울 것이라는 상상도 해본다. 아무튼 내 경우는 그와 다르다.

무엇보다 도시는 나에게 익숙한 공간이다. 태어나면서부터 서울에 살았으니 그럴 법도 하다. 1960년대 초반으로 기억나는데, 아버지는 명동에 직장이 있었고 신당동에서 전차를 타고 명동까지 가면 아버지가 반겨주었다. 그리고 소공동의 어느 양식당에선가 돈까스를 먹고 케이블카를 타고 남산 정상까지 올랐다. 그러면 하늘의 별은 또 얼마나 많던지. 초등학생에게 최고의 하루였다. 당시 서울 인구가 불과 200만 정도였다고 하니 격세지감이 느껴지는 이야기일 것이다.

내가 다닌 고등학교는 계동에 있었다. 주위로는 많은 고등학교들이 있었는데 60번 버스를 타면 콩나물시루 같은 버스 안에서 주변 학교 학생들을 다 만날 수 있었다. 중동, 중앙, 경기, 경복, 휘문, 여학교로는 창덕, 풍문, 이화, 숙명, 진명, 덕성 등등. 요즘도 친구를 만나면 그때 이야기로 꽃을 피우곤 한다. 이야깃거리는 주로 당시 서울의 예스런 풍경이고, 또한 거기서 벌어진 아름다운 로맨스였다. 반드시 대도시에서 꽃피움직한 로맨스는 지금부터 소개하는 두 영화의 주제이기도 하다.

런치박스

누구나 정해진 일상과 주어진 운명에서 벗어나 훨훨 날아가고픈 욕망을 갖는다. 이런 욕망은 물론 매력적이지만 이제껏 누리던 안전한 삶에서 전혀 예측할 수 없는 미래로 향한다는 위험을 동반하기도 한다. 하지만 결과는 누구도 모르는 일. 영화 〈런치박스〉Dabba, 리테쉬 바트라 감독, 인도/프랑스/독일, 2013년, 104분에서 말하는 것처럼, "가끔은 잘못 탄 기차가 진짜 목적지에 데려다준대요."

영화에 대한 간단한 소개글을 읽었을 때만 해도 감을 잡기 어려웠다. 두 남녀가 정면을 보고 나란히 앉아 도시락을 앞에 둔 채 편지를 읽는 사진에서, 그저 무엇인가 묘한 느낌을 받는 정도였다. 하지만 막상 영화를 보니 예상을 뒤엎는 보물이 숨어 있었다. 이야기도 멋졌을 뿐 아니라 인물 설정이나 시간과 장소의 섬세한 묘사 그리고 영화에 담긴 메시지까지, 훌륭한 연출과 빼어난 감각이 돋보였다. 한때 아시아를 재패했던 인도 영화계의 진면목을 오랜만에 만나는 순간이었다.

영화에서 두 남녀는 직접 얼굴을 맞대지 못한다. 그저 딱 한 번 남자가 여자를 멀리서 훔쳐보았을 뿐이다. 그럼에도 둘 사이의 대화와 감정은 아쉬움 없이 진행되고 교환된다. 사실 뭄바이 시내의 거친 풍경과 번잡한 일상은 사랑이라곤 꽃필 것 같지 않은 환경이다. 그러나 사람들의 웅성거림과 갖가지 교통수단이 만들어내는 소음 속에서 가만히 귀를 기울이면 사잔이르판 칸과 일라님랏 카우르가 내는 작은 목소리를 들을 수 있다.

사잔은 35년간 일해온 직장에서 막 퇴직하려는 참이다. 그는 무뚝뚝하고 남에 대한 배려도 없으며 어린이들을 향한 따뜻한 시선마저 잃은 차가운 사람이다. 아내가 죽은 후 오랫동안 혼자 살아 그리 된 모양이다. 일라도 외롭기는 마찬가지다. 그녀에게는 위층에서 시시때때로 충고를 해주는 이모가 전부이다. 그 이모는 목소리만 들리지만 놀라울 정도로 좋은 연기를 보여준다.

〈런치박스〉의 대단한 장점은 세밀한 부분까지 놓치지 않고 표현하는 것이다. 도시락을 흔들어서 편지가 있는지 알아내고, 통을 열어 냄새를 맡고, 옆에 앉은 직장 동료가 그런 사잔의 모습을 낯설게 바라보고, 펼쳐놓은 난인도식 빵에 맛나 보이는 갖가지 반찬들을 얹어 싸

먹고, 마침내 최고의 맛을 음미하는 표정까지. 인도 음식의 묘미가 물 흐르듯 영상을 장식한다. 그런 점에서 〈런치박스〉는 음식영화로 불려도 좋을 것이다.

　인도라고 하면 엄청나게 많은 인구와 낮은 경제 수준, 서구인의 눈에 비합리적으로 보이는 종교 풍습, 사람의 진을 빼놓는 기후 등을 흔히 떠올린다. 그렇다고 해서 인도가 우리와 다르다고 생각해버리면 곤란하다. 사잔과 일라는 우연히 서로를 알게 되고 일면식도 없이 사랑에 빠지지만 그들의 사랑을 얕잡아볼 근거는 어디에도 없다. 그들에게도 인도 물가의 5분의 1 수준으로 가난하지만, 지구에서 가장 행복지수가 높다고 알려진 부탄에서 살 권리가 엄연히 있다. 문제는 과연 어느 때 잘못된 기차에 타는가에 달려 있을 뿐. 리테쉬 바트라 감독은 관객에게 주문한다. 그때를 늦추지 말라고. 늦추다 보면 어느 사이엔가 몸에서 노인 냄새가 나게 될 것이라고. 상당히 공감이 가는 메시지였다.

　〈런치박스〉는 제66회 칸영화제 관객상, 로테르담 국제영화제 각본상, 아시아태평양영화제 각본상을 수상했다. 여러 영화제에서 각본상을 받았다는 사실은 이야기 구성이 그만큼 촘촘하고 지루할 틈이 없다는 의미이다. 물론, 줄거리만 그럴듯하고 깊이가 없다는 의미는 결코 아니다.

부에노스아이레스에서 사랑에 빠질 확률

가끔씩 우리말로 붙인 영화제목이 원제보다 나은 때가 있다. 예를 들어 〈우리에게 내일은 없다〉1967와 〈내일을 향해 쏴라〉1969는 각각 〈Bonnie and Clyde〉와 〈Butch Cassidy and the Sundance Kid〉의 우리말 제목이다. 느낌이 있지 않은가! 그러나 정반대의 경우도 있다. 어린 시절에 보았던 〈대양大洋의 십일인〉1960/2002이라는 영화는 실은 〈Ocean's Eleven〉의 번역이었다는 사실에 실소가 나온다. 〈부에노스아이레스에서 사랑에 빠질 확률〉Medianeras, 구스타보 타레도 감독, 아르헨티나/스페인/독일, 2011, 94분은 측벽側壁이라는 의미의 원제와는 다르나, 그야말로 잘 붙인(!) 우리말 제목이다.

영화를 보면서 무엇보다도 현대인의 감각에 딱 들어맞는 내용이구나 싶었다. 웹디자이너인 남자 주인공 마틴하비에르 드롤라스은 골방에 틀어박혀 하루종일 컴퓨터와 벗하며, 여자 주인공인 쇼윈도 디스플레이어 마리아나필라르 로페스 데 아얄라는 하루종일 부에노스아이레스 시내를 돌아다니면서 건축가의 꿈을 키운다. 두 사람 다 도시에서의 삶이 녹록치 않다는 사실을 깨달은 지 오래다. 그들은 각각 산타페 1105번지 4층 H호와 바로 옆 건물인 산타페 1183번지 8층 G호에 살지만, 근거리라는 입지조건이 그들의 삶의 거리까지 좁혀주진 못한다. 도시 생활이 다 그렇듯.

영화는 두 사람이 겪는 소외감 외에도 엄청나게 많은 도시 고유의 이미지들을 나열한다. 옛 건물들과 현대식 건물, 건물들의 쓸모없는 옆면, 그 옆면에 마구잡이로 그려진 광고들……. 덕분에 도시는 더욱

추해지기만 한다. 도시에서 이리저리 만나는 사람들도 어지럽기는 마찬가지이다. 식당, 카페, 수영장 등 도시적인 공간에 쉬지 않고 들락거리며 수많은 사람들을 만나지만 정을 붙이기도 힘들다. 대도시에서 겪는 마리아나의 혼란은 그녀가 즐겨 읽는 그림책 《월리를 찾아라》의 '도시편'만큼이나 오리무중이다. 한마디로 마틴과 마리아나의 사랑이 싹트기엔 적절치 않은 공간이 바로 도시인 셈이다.

영화에 등장하는 상징들과 도시를 삽화로 처리한 장면들 또한 주목할 만하다. 사실, 영화를 시작하는 순간부터 자연스럽게 이런 것들에 집중하게 되는데, 감독이 관객에게 숨 쉴 틈을 주지 않아서일까. 기대와 약간 다르게 진행되는 엇박자의 시퀀스들이 일품이었다. 감독은 영화를 만들기 전 예비 작업으로 도시에 대한 다큐멘터리 필름을 수없이 만들었으며 사진을 찍고 음악을 들었다고 한다. 영화를 보면 그의 노력이 절로 느껴진다. 하나의 완성된 작품을 위해 얼마나 많은 땀을 흘렸는지. 사실 이 정도는 해야 작가정신이 있는 감독이라 할 수 있지 않을까?

갑작스런 정전으로 모든 게 멈춰버린 밤, 집 밖으로 나선 마틴과 마리아나는 촛불을 파는 가게에서 우연히 만난다. 하지만 어둠의 도시에서 딱히 무슨 일이 벌어질 수 있겠는가? 그들은 별일 없이 아슬아슬하게 헤어지고 만다. 감독은 이처럼 뛰어난 디테일과 화려한 대사들, 섬세한 감정을 잘 요리해낸다.

이 모든 어두운 이미지에도 〈부에노스아이레스에서 사랑에 빠질 확률〉은 사랑 영화이다. 하지만 관객은 무려 90분이나 기다려야 두 사람이 정식으로 만나는 장면에 도달할 수 있다. 그 과정에서 도시의 삶이 어떤지 세세하게 들여다보고 충분히 공감하고 한숨도 내쉰다. 그러면서 묘한 기대감에 설렌다. 두 사람이 반드시 만나고 말 것이라고. 그래야 영화가 끝이 날 거라고. 1퍼센트의 가능성이 100퍼센트로 바뀌는 순간이 반드시 찾아오고야 말리라는 희망이 영화 전체를 지배하고 있다.

〈런치박스〉를 보면서 불현듯 인도 콜카타에서 살고 싶어졌다. 도시가 만들어준 운명에 도시락이 뒤바뀌면 아름다운 일라와 함께 행복한 나라 부탄까지 가서 아무도 모르게 사라지는 거다. 그러면 내 삶의 농도 또한 훨씬 짙어지리라. 도시가 갖는 의외성은 그렇게 시작된다. 도시란 어떤 곳인지, 두 영화의 감독들이 내리는 정의를 유심히 살펴보시기 바란다. 도시는 언제 봐도 낯선 곳이다. 하지만 그런 도시의 어느 구석에 당신의 눈에 띄길 기다리는 아름다운 꽃 한 송이가 지금도 수줍은 듯 피어 있다.

가끔은, 잘못 탄 기차가 진짜 목적지에 데려다주니까.

─────○ #도시에서꿈꾸기 #러브스토리의시작 #우연과필연과인연

🎞 Vis Ta Vie,
너의 삶을
살아라!

〈마담 프루스트의 비밀정원〉 & 〈미스 리틀 선샤인〉

나비의 생태를 연구하는 어느 생물학자가 자신이 왜 나비에 관심을 갖게 되었는지 생각해본 적이 있다고 한다. 아무리 세밀하게 따져도 답을 찾지 못했던 그는 우연한 기회에 이유를 알게 되었다. 어린 아들에게 모빌을 사다주려고 아기용품 가게에 들렀다가 자신이 가진 최초의 기억이 아기침대에 누워 본 모빌이었음을 기억해낸 것. 그때 본 나비 모빌이 그의 인생의 방향을 정한 셈이다. 언젠가 〈리더스 다이제스트〉에서 읽은 글이다. 좀 억지스러운 데가 있지만 세상엔 그런 일도 있으려니 했다.

나에게도 최초의 기억이 있다. 유치원에 다니던 때였을까 혹은 더 어릴 때였을까. 집에 들어와보니 아버지가 방에 앉아 창밖을 물끄러미 내다보고 있었는데, 아버지의 얼굴이 보석처럼 반짝반짝 빛났다. 그날따라 유난히 햇빛이 환했던 모양이다. 그리고 그와 연결된 또 하나의 기억이 있다. 훗날 독일에서 유학하던 중 뷔르츠부르크라는 도시에 들러 영주의 성을 산책하던 날의 기억이다. 독일답지 않게 해가 유난히 환하게 내리쬐어 장원의 모래들이 온통 반짝였다. 마음 맞는 친구를 만나 아름다운 뷔르츠부르크 성과 반짝이는 네카어 강을 내려다보며 와인을 마셨다. 누가 다시 내게 그 시절을 가져다주겠는가?

마담 프루스트의 비밀정원

특이한 영화였다. 자세히 말하자면, 아주 별난 프랑스 영화였다. 이 영화에서는 관계라든가 사건의 개연성 따위는 별로 중요하지 않다. 그보다는 인물 묘사와 변화무쌍한 화면들의 이어붙임이 눈을 즐겁게 한다. 〈마담 프루스트의 비밀정원〉Attila Marcel, 실뱅 쇼메 감독, 프랑스, 2013년, 107분이 왜 매력적인지 묻는다면 우선 그런 점을 꼽을 것이다.

〈마담 프루스트의 비밀정원〉은 공쿠르상 수상 작가인 마르셀 프루스트의 말로 시작한다. 프루스트는 그의 역작《잃어버린 시간을 찾아서》에서 "기억은 일종의 약국이나 실험실과 비슷하다. 아무렇게나 내민 손에 어떤 때는 진정제가, 어떤 때는 독약이 잡히기도 한다"고 이야기했다. 우리의 기억은 정말로 우리를 살게도 하고 죽일 수도 있는가? 영화는 과거의 진실을 대면하려면 독약과 진정제 모두를 먹을 준비가 되어 있어야 한다고 말한다.

주인공 폴귀욤 고익스은 한심한 남자다. 33세의 노총각에 이모들 집에 얹혀 살고, 피아노 콩쿠르에서 우승하려 열심히 연습하지만 준우승만 두어 차례 했을 뿐이다. 그리고 남는 시간은 이모들의 댄스 교실에서 재미없는 반주나 하는 처지다. 그의 삶 중 가장 대책 없는 부분은 말을 도통 않는다는 것이다. 아기 때 겪은 충격적인 사건이 그의 말문을 막아버린 까닭이다. 거대한 그랜드캐니언 벽화를 보고 있던 아버지가 갑자기 몸을 돌려 온 인상을 찌푸리며 폴에게 '와악!' 하며 큰 소리를 내질렀다. 폴은 겨우 유모차에 실린 아기였는데 말이다. 그 잔인한 기억 이후로 폴의 인생이 망가지는 것은 시간문제였다.

"엄마가 어디 있는지 알고 있음."

어느 날 폴의 책상에서 발견된 쪽지다. 말이 좋아 책상이지 죽은 엄마 사진을 주렁주렁 달아놓은 모빌 아래, 어린 시절의 온갖 잡동사니들을 무질서하게 늘어놓은 괴상한 물건이다. 뒤집어 말해 폴의 책상은 무엇인가에 가로막힌 기억을 되살리려고 끊임없이 과거를 반추하는 공간이다. 물론 그의 노력은 매번 헛수고에 머무르지만.

폴의 엄마는 과연 어디에 있을까? 대답은 의외로 간단하다. 폴의 머릿속, 저 깊은 기억 속 어딘가에 숨어 있었다. 사실 그곳에는 어머니뿐 아니라 아버지도 있고 심지어 부모의 죽음이라는 비극적인 사건까지 들어 있다. 문제는 어떻게 그곳까지 찾아가는가이다. 마담 프루스트앤 르니의 등장은 폴에게 축복과도 같았다. 그녀는 아파트에 불법으로 정원을 가꾸며 사람들에게 정체불명의 약초를 제공해 생계를 유지하는 자유분방한 여인이다. 특히 공원 중앙의 한 그루 나무를 지키기 위해 기울이는 노력은 그녀가 얼마나 자연친화적인 사람인지 보여준다. 폴은 그녀가 특별하게 만들어준 차를 얻어 마신 후 자신의 과거로 여행을 떠난다.

폴이 과거에 점점 더 가까이 다가설수록 애니 이모베르나르데 라퐁와 안나 이모엘렌 뱅상의 불안감은 커져만 간다. 폴이 빵을 사러 나간다면서 5시간이나 있다가 돌아오고, 넋이 빠진 채 한참을 앉아 있고, 댄스음악을 반주하다 말고 갑자기 거리로 뛰쳐나가기 때문이다. 혹시 조카가 위험한 마약에 중독된 것은 아닐까? 이모들은 근심한다.

미스 리틀 선샤인

〈미스 리틀 선샤인〉발레리 파리스/조너선 데이턴 감독, 미국, 2006년, 102분은 가족의 소중함을 다루고 있다는 데에서 '가족영화'의 범주에 넣을 수 있다. 그러나 기존의 가족영화와는 접근방식이 다르다. 아니, 다른 정도가 아니라 파격적이라고 해야 할 것이다.

영화에 등장하는 가족의 구성원은 모두 여섯 명이다. 이들은 흔히 하는 말로 실패자loser 집단이다. 인생의 성공 비결을 가르치는 강사인 아버지 리처드는 실제론 성공과 거리가 먼 인물로, 주변 사람들에게 이용만 당한다. 자신의 집을 지옥으로 여기는 아들 드웨인은 비행사가 되어 집에서 탈출하려 하지만 색맹이어서 공군사관학교 근처에도 가지 못한다. 그는 아예 입을 다물고 모든 대화를 거절한다. 어린 딸 올리브는 뚱보이지만 자신이 '미스 리틀 선샤인'이 되리라는 헛된 희망을 갖고 있다. 미인대회에 나가서 출 춤을 가르치는 할아버지 에드윈은 노인임에도 여전히 마약을 즐기는 퇴폐적인 인물이다. 그리고 온몸에 신경질만 남은 엄마 셰릴과 자살 시도를 한 전력이 있는 마르셀 프루스트 전문가 외삼촌 프랭크도 이 가족에 끼어들어 살고 있다. 한마디로 희망이 없는 가족이다. 이들이 모여서 과연 무엇을 할 수 있겠는가?

영화는 이 구제불능 가족이 그럼에도 무엇인가를 이룩해내는 과정을 보여준다. 절망이 그토록 거셌기 때문일까. 영화에서 보여주는 희망은 너무나 아름답다. 심지어 영화의 마지막 장면에서 손녀가 추는 요사스런 춤마저도 흐뭇하게 보인다.

구제불능 가족이 다시 뭉치는 힘을 보여주는 상징물은 독일 폭스바겐에서 만든 노란색 미니버스VW Van이다. 이 버스는 1970~80년대에 많이 사용되었지만 지금은 영화에서나 가끔 만날 뿐 기억에서 사라지다시피 한 물건이다. 그 버스를 다시 등장시켜 추억을 되씹으며 영화를 이끄는 감독의 솜씨가 뛰어나다.

〈미스 리틀 선샤인〉은 마치 독립영화 같은 분위기를 자아내지만 영화에 등장하는 배우들은 모두 연기력을 인정받은 스타들이다. 엄마 역의 토니 콜레트〈뮤리얼의 웨딩〉(1994), 아빠 역의 그렉 키니어〈이보다 더 좋을 순 없다〉(1997), 외삼촌 역의 스티브 카렐〈세상 끝까지 21일〉(2012)이 있고, 특히 할아버지로 나온 에드윈은 〈어두워질 때까지〉1967에서 끔찍한 악당으로 등장한 알란 아킨이다. 이 영화로 알란 아킨은 아카데미 남우조연상을 수상했다. 가히 '노익장'이라 할 수 있다.

"엄마가 어디 있는지 알고 있음."

영화에서 의미 있던 대화 한토막. 드웨인이 자신의 인생이 얼마나 힘들고 괴로운지 외삼촌 프랭크 앞에서 푸념하자, 프랭크는 의외의 말을 던진다. "드웨인, 인생에서 아마 고등학교 때처럼 어려운 시절을 없을 거야. 하지만 그 순간을 인생에서 건너뛴다면 우리에게 무엇이 남겠니? 프루스트는 이렇게 말했어. '우리가 기억하는 것은 행복했던 때가 아니라 고통스러웠던 때다. 그리고 고통의 기억이 바로 오늘의 나를 만들어냈다.' 고통의 기억을 소중하게 간직해야 하는 이유란다."

우리는 여기서 중대한 질문을 하나 던져본다. 폴이 끌어낼 기억은 과연 그에게 긍정적인 영향을 미칠까, 아니면 그 반대일까? 저명한 심리학자 주디스 허먼은 자신의 걸작 《트라우마》에서 괜스레 어린 시절의 기억을 끌어내 자칫 상처를 건드려 심각한 정신적 외상을 입을까 염려한다. 꼭 필요한 경우가 아니라면 과거를 건드려선 안 된다는 뜻일 텐데, 아마 수많은 임상을 거쳐 얻은 견해이리라. 폴의 이모들이 하는 걱정도 기우가 아닐 것이다.

실뱅 쇼메 감독은 심리학자들의 이 같은 우려를 거슬러 자신 있게 반박한다. 죽이 되든 밥이 되든 기억을 회복해서 왜 오늘의 내가 이 모양 이 꼴이 되었는지 알아내야만 한다고. 만일 겁이 나서 덮어두고 산다면 오늘의 나는 공허한 삶에서 영원히 벗어나지 못할 것이라고. 폴의 인생이 한심했던 것처럼.

〈마담 프루스트의 비밀정원〉은 오랜만에 만나는 수준 높은 코미디 영화였다. 엉뚱한 대사와 묘한 상황도 흥겹고 의외의 결말도 재미있었다. 프루스트 부인이 죽기 전 폴에게 던지는 충고에 귀를 기울여 보자.

"너의 삶을 살아라Vis ta vie!"

경계가
열리다

〈스파이 브릿지〉

　어린 시절 '냉전冷戰'이라는 말을 주변에서 자주 들었다. 미국과 구소련, 이 두 나라가 종주국이 되어 전 세계가 둘로 쪼개져 있던 슬픈 시대를 일컫는 말이었다. 이데올로기에 따라 국가들의 진영이 나뉘고 심지어 반쪽짜리 올림픽이 열리기도 했다. 그 시기에 학창 시절을 보낸 나는 냉전시대의 밝고 어두운 면을 제대로 이해하기에 너무 어렸다. 그러던 중 독일에서, 바로 동서독 국경이 무너지던 그날, 물밀듯이 서쪽으로 넘어오는 동독 사람들을 보며 냉전의 어두운 그림자를 목격했다. 그리고 베를린. 냉전시대를 상징하는 이 대표적인 도시에도 희망의 기운이 넘쳐 흘렀다. 우리 가족은 차를 타고 베를린으로 향했고, 여권과 비자 없이(!) 동서독 국경을 통과했으며 두 시간 동

안 고속도로를 달려 베를린에 도착했다.

담이 해체되고 있었다. 한때 자유진영과 공산진영을 냉혹하게 구분하고 수많은 이산가족의 눈물을 쏟게 한 그 장벽이었다. 얼마 전 개봉한 스티븐 스필버그 감독의 〈스파이 브릿지〉Bridge of Spies, 미국, 2015년, 141분에서 담이 처음 설치되던 때의 이야기를 들을 수 있었다. 그러자 약삭빠른 서독 상인들에게 구입해, 지금은 책장 한구석에 먼지를 쓴 채 놓여 있는 무너진 담 한 조각이 다시금 내게 말을 걸었다.

스파이 브릿지

보험전문 변호사 제임스 도노반톰 행크스은 정부의 요청으로 미국에서 활동하다 체포된 소련 스파이 루돌프 아벨마크 라이언스의 변호를 맡는다. 어떤 범죄자라도 변호받을 권리가 있다는 미국의 법 정신에 따른 것이었다. 당시 미국 정서에 따르면 당연히 사형선고를 받았어야 할 아벨은 제임스의 필사적인 노력으로 겨우 사형을 면하고, 제임스는 자신의 집이 총격을 받는 위험에 빠지기도 한다. 적국 스파이를 변호한 제임스가 졸지에 미국의 배신자 대열에 올라선 것이었다. 꽤 흥미로운 이야기 전개였지만 사실 여기까지는 영화의 도입부에 불과하다. 아벨과 소련에서 붙잡힌 CIA 첩보기 조종사 사이의 교환을 성사시키는 책임이 제임스에게 부여되면서 본격적인 이야기가 시작된다.

스필버그는 정말 영화를 잘 만드는 감독이다. 적재적소에 갖가지 암시를 심어놓고 관객의 허를 찌르며 암시들을 연결해나가는 솜씨가 환상적이었다. 제임스의 일거수일투족, 아벨의 가족, 소련 대사관 2급 서기관의 능수능란한 혀 놀림, 동독 비밀경찰 슈타지의 방해 작전, 동독 거리에서의 난데없는 자동차 질주, 아벨과 마지막으로 나누는 대화…… 정신없이 따라가며 감탄하느라 넋을 놓았다. 그중에서도 자유를 찾아 담을 넘어가던 사람들이 총격으로 사망하는 비극적인 베를린 장면을 보고는 며칠 동안 영화에서 빠져나오지 못했다. 1957년 겨울, 세계는 확실히 어둠 속에 있었다.

스필버그가 역사 속에 묻혀 있던 제임스라는 인물을 찾아내 보여주려 한 가치는 무엇일까? 애국적인 행동이 최고의 미덕으로 간주되던 세상에서, 체포되기 전에 미처 자살하지 못한 스파이들을 비겁자로 몰아 국가적인 비난을 퍼붓고, 적국의 스파이에 대해서는 최소한의 인권마저 박탈하고, 동서 양 진영에서 각각 공산주의자와 반동분자를 색출하려 혈안이 되었던 세상에서 제임스는 어떤 인물이었을까? 그가 추구한 이상은 과연 무엇일까?

감독은 그 판단을 관객들에게 맡긴다. 전 세계의 이목을 집중시킨 스파이 교환이라는 실제 사건을 가능한 한 그럴듯하게 재구성하고, 그 모든 과정에서 눈을 뗄 수 없을 정도로 긴장감을 부여했지만 이는 어디까지나 감독의 뛰어난 연출 덕택이었다. 영화에서 관객이 실제로 발견할 내용은 지난 역사를 바라보는 또 하나의 새로운 시각이어야 한다.

국경이 열리던 날

1989년 가을 무렵이었다. 당시 내가 살던 도시는 동독 국경과 불과 30분 거리였다. 국경이 열리던 날은 실로 대단했다. 물밀듯이 넘어 들어오는 트라비동독 자동차의 행렬도 그랬고, 자동차 안으로 100마르크 지폐를 마구 던져 넣으면서 반가움을 표시하는 서독 사람들의 손길도 그랬다. 가난한 유학생의 마음으로 '저 돈을 차라리 날 주었으면……' 하는 생각도 잠시 해보았지만, 동서독 상봉의 감동을 넘겨받느라 그 생각은 곧 사라지고 말았다. 하지만 여기서 한 가지 고려할 점이 있다. 통일의 현장에 뜨거운 감동이 있었다는 사실. 그만큼 통일이 예측하지 못했던 사건이라는 뜻이다.

동독 국경이 열리기 불과 한 달 전만 해도 통일까지 최소한 5년이 걸리리라는 관측이 지배적이었다. 고르바초프가 등장하고 소련이 동구권에서 손을 떼기 시작하면서 동구권 국가들은 소련의 지배에서 벗어나 하나둘씩 새로운 정부를 수립했다. 그러나 동독은 예외였다. 동구권 어느 나라보다 경제가 안정되어 있었고 동독의 집권자 에리히 호네커의 통치력도 상당한 위세를 떨치고 있었던 까닭이다. 말하자면, 동독은 어떤 일이 있어도 무너지지 않을 철옹성이라는 인상을 외부에 심어준 것이다. 영아 사망률 0퍼센트, 올림픽 최다 금메달 국가, 가구당 차 한 대라는 신화를 이루어냈으니 그럴 만도 했다. 문제는 엉뚱한 곳에서 발생했다.

동독과 국경을 마주하고 있던 체코와 폴란드를 통해 한두 명씩 동독 사람들이 빠져나와 망명을 신청하고 서독으로 들어오기 시작한

것. 갑자기 자유가 들이닥치는 바람에 자기 코가 석 자나 빠진 그들로서는 군이 망명을 막을 이유가 없었고, 얼마 후 동독 전역에 그 소문이 퍼졌다. 그러더니 불과 한두 달 사이에 무려 20만 명이 국경을 넘어와 망명을 신청했다 공식 집계 22만 5천 명. 도대체 20만 명이나 되는 망명객을 처리할 능력이 어느 나라에 있겠는가?

엄청난 숫자의 망명객 앞에 두 손 들어버린 체코는 아예 서독으로 이어진 국경까지 열고 말았다. 그 후로 동독 사람들이 서독으로 넘어오는 공식 루트가 형성되었고, 그대로 가다가는 1500만에 달하던 동독 국민 모두가 나라에서 빠져나갈 판이었다. 입이 딱 벌어지는 상황에서 동독은 국경을 개방할 수밖에 없었으며 1년 뒤에는 헬무트 콜 수상이 이끄는 통일 정부가 세워졌다.

일촉즉발의 위기 속에서 스파이 교환 협정이 이루어진 후 도노반은 미국으로 돌아온다. 다시 안정을 찾고 직장생활을 시작할 수 있게 된 것이다. 그러던 어느 날 전철을 타고 뉴욕으로 들어가던 그는 몇몇 청년들이 이웃집 담을 장난스럽게 넘어가는 광경을 본다. 철도 교각의 높이라든가 열차 창문에서 밖을 내려다보는 위치가 베를린에서 담을 넘어가다 총격을 당해 숨지던 청년들의 그것과 흡사했다. 베를린의 담과 뉴욕의 담 사이에 얼마나 큰 차이가 있는지 단적으로 보여주는 장면이었다.

우리나라와 독일에서 냉전시대의 전성기와 종말을 경험했기에 〈스파이 브릿지〉는 내게 남다른 감동을 안겨주었다. 튼튼한 벽돌담과 몇 겹의 철조망으로 나누어진, 도시와 동서 베를린의 유일한 출입

구였던 체크포인트 찰리를 오랜만에 떠올리면서 남북한의 비극적인 현재를 생각했다.

자유를 찾아 나서는 사람은 두려움을 모른다. 이미 목숨을 내걸어서이다. 어느 세월에 분단이 끝나 통일이 되겠느냐고, 그러느니 차라리 오늘 밤, 야음을 타 높은 담을 넘어 또한 차가운 강물을 건너 자유의 땅으로 가는 편이 낫다고 그들은 외친다. 자유를 찾아 나서는 이들이 벌이는 절체절명의 투쟁에서 우리는 세상을 바꾸는 엄청난 기운을 느낀다. 그 필사의 투쟁은 세상 어느 곳이든 분단의 현장에서 '망명 고속도로'를 개척할 것이다. 저 끝에 보이는 '자유'를 만날 때까지.

🎞 이야기가
이긴다

〈러시안 소설〉 & 〈10분〉

———————

　2013~2014년 한국 영화계는 유난히 대작들을 자주 내놓았다. 〈베를린〉, 〈관상〉, 〈설국열차〉, 〈해적〉, 〈명량〉, 〈군도〉 등. 이런 대작 영화의 제작비는 가볍게 100억을 넘어서고 〈설국열차〉의 경우 470억이라는 초유의 제작비를 들였다. 그에 걸맞게 영화를 찾는 관객들도 많아져 천만 관객이 넘게 관람한 영화가 부지기수가 되었다. (곧 2천만 관객을 넘기는 영화가 나올지도 모른다.) 그러다 보니 영화계의 한구석엔 불과 3,700만 원의 제작비를 들인 영화가 있다는 사실을 잊기도 한다. 이른바 '독립영화'의 현실이다.

　독립영화는 글자 그대로 외롭다. 그래서 이름마저 처량하게 '독립영화'라고 붙였으리라. 아무도 알아주지 않는 곳에서 열악한 환경과 부족한 자본으로 영화를 만든다. 간혹 영화계의 중심에서는 힘을 가진 사람들이 한국 영화계의 앞날은 창의적인 독립영화에 달려 있다고 강조하지만 돈 몇 푼 쥐여주고 허울 좋은 이름으로 스크린 하나 내주면서 생색만 낼 뿐이다. 그래도 독립영화 상영관을 구하는 게 하늘의 별따기이니 감지덕지 받아야 하는 게 현실이다. 그런 모든 열악한 조건 속에서도 그나마 위로되는 점 한 가지는 제작사의 눈치를 볼 일이 없다는 사실이다. 의외로 뛰어난 작품성을 가진 독립영화들이 제작되는 이유이다. 이제 소개하려는 두 편의 우리 독립영화는 2013년부터 2014년까지 내가 만난 최고의 수확이었다.

러시안 소설

인간은 과거와 현재와 미래를 동시에 경험할 수 없다. 과거는 희미한 기억으로, 현재는 생활에 찌든 일상으로, 그리고 미래는 그저 이율배반적인 불안한 기대감으로 살아갈 뿐. 직선의 시간을 살아야 하는 인간에게 주어진 잔인한 운명이다. 그런데 마치 과거가 현재처럼 또렷하고, 과거와 미래가 손을 맞잡은 듯 이어지는 인생을 살 수 있는 사람이 있다면 그에게 '삶'이란 무엇일까? 〈러시안 소설〉신연식 감독, 한국, 2012년, 140분은 그 질문의 답을 찾아나가는 영화다.

작가 지망생 신효강신효는 능력은 있지만 배우고 가진 것이 없어 꿈을 펼치지 못하는 처량한 젊은이다. 신효는 어떻게 해서든 등단하려고 갖가지 시도를 해보지만 노력은 언제나 수포로 돌아가고 결국 악연을 맺은 여인에 의해 죽음을 맛보기까지 한다. 하지만 거기에서 끝이 아니다. 27년 만에 죽음과도 같았던 잠에서 깨어난 것이다. 27년 만에 깨어난 신효에게는 과거의 기억밖에 없으며, 새롭게 주어진 현재는 낯설기만 하다. 게다가 앞으로 주어질 미래란 막연하기 짝이 없다. 그런 신효에게 과거의 기억만이 생생한 현실이자 미래를 풀어낼 열쇠로 작용한다.

'귀 기울여 속삭이기', '조류인간', '통정', '천년의 물약' 등은 '러시안 소설' 외에 신효가 쓴 소설 제목들이다. 한결같이 재미있는 발상의 제목들이다. 또한 영화 속 인물들이 원고지를 한 장씩 넘길 때마다 상상이 소설로 바뀌고, 소설이 현실로 바뀌는 장면 전개도 주목할 만하다. 예로부터 문인들의 고장으로 유명한 전라남도 담양에 소설가들의 집인 '우연제'를 배치하고, 대숲으로 난 길을 걷게 한 공간 서술도 탁월하다. 이처럼 서정적인 환경이라면 작가 지망생에게 어떤 일이 일어나도 관객은 수긍할 수 있을 것이다. 이 같은 전개를 통해 신효에게 망각이 들어갈 틈 없는 촘촘한 시간이 주어진다. 영화 전반에서 시공을 넘나드는 탄력이 발견되는 까닭이다.

〈러시안 소설〉에는 번득이는 아이디어들이 넘쳐나고 그 아이디어들을 연결하는 고리가 튼튼하게 영화를 지탱하고 있어 긴장감이 느껴진다. 영화의 전반부에는 이리저리 인연들을 묶어놓고 후반부에서는 그 얽히고설킨 인연을 부드럽게 푸는 솜씨가 예사롭지 않다. 2시간 20분은 비교적 긴 시간이지만, 영화를 보는 내내 시간 가는 줄 몰랐다. 오랫동안 한국영화를 보아왔으나 이토록 이야기가 생생하게

살아 있는 작품을 만나는 것은 무척이나 오랜만이다. 〈러시안 소설〉
의 각본과 연출을 맡은 신연식 감독의 영화 감각이 출중한 덕택이다.

〈러시안 소설〉과 더불어 또 하나 출중한 이야기를 보여준 독립영
화는 〈10분〉이라는 작품이다. 이 작품은 우리의 현실에 발을 굳건히
디디고 있어 공감대를 얻기 충분했다. 〈러시안 소설〉과 비교해 감상
해도 좋을 것이다.

10분

10분은 얼마나 긴 시간일까? 아인슈타인에게 어떤 사람이 '상대성
원리'에 대해 물어보았다. 그때 아인슈타인은 시간에는 두 종류가 있
다고 하면서 애인과 영화를 보는 5분과 끓는 물에 손을 집어넣고 있
는 5분을 비교해보라고 대답했다. 양적인 시간과 질적인 시간을 구
분해보라는 뜻이었겠는데, 그처럼 시간은 상대적인 관점에서 바라볼
수 있는 것이다. 이용승 감독은 〈10분〉한국, 2013년, 93분에서 우리가 사는
세상을 상대적인 관점에서 파악하려 한다.

주인공 호찬백종환은 방송사 PD시험을 준비하는 동안 '한국콘텐츠
센터'에 인턴으로 입사한다. 한국콘텐츠센터는 곧 지방으로 이전할
계획을 가진 공공기관이다. 호찬은 직장에서 다양한 사람을 만나는
데, 호찬의 입지를 봐주는 노조지부장정희태과 호찬의 인사권자인 부
장김종구이 있고 적당하게 직장생활을 하는 선배들에 동료 인턴도 한
명 있다. 사람도 다르고 직위도 제각각이지만 그들의 공통점은 겉과

속이 다르다는 것이다. 그러던 어느 날 사무실에 정규직 한 자리가 생겼고 성실하게 일한 호찬에게 정규직으로 채용할 테니 지원해보라는 제안이 들어온다. 방송국 PD를 꿈꾸던 호찬에게 선택의 순간이 다가온 것이다.

2008년 금융위기 이후 전 세계가 정규직/비정규직 문제로 골머리를 앓고 있다. 특히 우리나라의 경우 엄청난 수의 대졸자에 비해 취직자리는 제한되어 있어 취업준비생 대부분이 일단 인턴직을 택한다. 그렇게 불안하게 첫걸음을 내디딘 사회초년생들의 앞날은 순탄하지 않다.

영화 〈10분〉은 우리나라 비정규직의 현실을 적나라하게 묘사하고 있다. 악마적인 사무실 환경, 언제나 굴욕적인 대접을 받는 비정규직, 복사기 수리 하나 제대로 하지 못하는 곳, 그리고 온 가족의 생계를 책임져야 하는 독한 조건······. 거기에서 호찬이 빠져나갈 수 있는 길은 정규직이 되는 것뿐이다. 호찬의 꿈을 실현시켜줄 방송국 PD까지의 길은 요원하고 말이다.

〈10분〉이 갖는 강점은 호찬의 개인사에 머무르지 않고 시각을 확장하여 한국 사회 전반의 문제를 보여준 데에 있다. 호찬에게 주어진 두 번째 선택의 시간인 10분 동안 그는 회의실 유리창을 통해 지진 대비 안전훈련을 하는 사무실 직원들을 바라본다. 훈련에 임하느라 책상 밑으로 기어들어가는 부장과 노조지부장. 그들은 어제까지 자신의 권위를 내세우며 사무실을 호령하던 사람들이 아니다. 마치 선線 운동을 하는 개미들의 행진을 3차원 공간에서 내려다보듯, 객관적인 시각을 회복시키는 장면이었다. 그렇게 바라보면 우리가 사는 세상은 일종의 아수라장일 뿐이다. 대규모 자본을 투자한 블록버스터들 속에서 〈10분〉은 보석 같은 작품이다. 현실에 대한 냉정한 고발은 언제나 우리를 정신 차리게 만든다. 호찬에게 주어진 10분은, 과연 어떤 의미를 가진 시간일까?

모든 것은 이야기에서 시작되었다

두 영화는 모두 저예산으로 만들어졌다. 카메라를 여러 대 설치할 만한 환경이 못되었기에 화면은 답답했고 롱테이크를 자주 사용했으며 촬영장소도 제한된 편이었다. 재력이 든든한 제작사 없이 나선 감독과 기획사는 마치 신효와 호찬처럼 처량한 신세라는 사실을 새삼 깨닫기도 했다. 그럼에도 두 영화는 수작이다. 사실의 객관적인 묘사에 심혈을 기울였을 뿐 아니라 영화의 생기를 더해주는 은유를 곳곳에 배치해 재미를 더했다. 이 정도면 독립영화로서의 역할을 다한 셈이다.

각본과 감독까지 맡은 두 감독은 각본을 완성하는 데 시간 대부분을 투자했을 것이고 그 결과 양질의 영화가 탄생했다. 준비 기간이 길면 길수록 영화가 좋아지기 마련이다. 감독들이 아직 30대 후반이라는 점을 감안하면 앞으로 걸어갈 길이 창창하다. 그러니 〈러시안 소설〉과 〈10분〉못지않은 훌륭한 작품들을 앞으로도 거듭 창작해낼 수 있을 것이다. 〈러시안 소설〉은 제33회 한국영화평론가협회상에서

"100프로 확신할 수 있으면
인간으로 태어나질 말았어야지."

각본상을 수상했고 〈10분〉은 제38회 홍콩 국제영화제와 제18회 부산 국제영화제에서 국제비평가연맹FIPRESCI상을 수상했다. 모든 영화는 각본에서 시동이 걸린다. 보다 엄밀히 말하자면 각본을 낳기 위한 작가의 아이디어가 우선일 것이다. 하지만 생각은 누구나 할 수 있는 법! 그 생각을 구체화시켜 설득력 있는 이야기로 만들어내는 작업은 결코 쉽지 않다. 그런 의미에서 각본은 영화의 꽃이다.

우리에게는 이 영화들을 볼 책임이 있다.

그래야 약자들이 내쉬는 조그만 숨소리라도 들어볼 수 있지 않겠는가.

폭력은 언제나 우리 가까이에 있다.

여
기

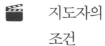 지도자의
조건

〈우리에겐 교황이 있다〉

시원한 웃음을 선사하는 사람들이 종종 있다. 누군가의 우스개를 듣고 파안대소하거나 뛰노는 아이들을 보면서 만면에 미소를 머금는 분들. 그 웃음은 보기만 해도 절로 기분이 좋아진다. 아니, 그저 웃는 얼굴을 떠올리기만 해도 흥겨워진다. 과연, 웃음은 마법 같은 효력을 지닌다. 기분이 우울할 때 코미디 영화 한 편을 감상하면 쉽게 생기를 회복하고, 낯선 곳에서 계면쩍을 때 누군가 건네는 농담 한마디에 활기를 되찾는다. 웃음은 그렇게 우리를 바꾸어놓는다.

2013년 3월 19일에 교황 프란치스코의 즉위식이 열렸다. 베드로 광장에 약 20만 명이 운집해 엄청난 규모의 미사를 드렸고 이 광경이 전 세계에 중계되면서 로마 가톨릭의 위상을 새삼 깨닫는 계기가 되었다. 얼마나 장엄한 의식이었는지 TV를 보면서 절로 숙연해질 정도였다. 그런데 미사가 끝난 후 사람들과 친교의 악수를 나누는 교황의 표정은 전혀 달랐다. 연세가 일흔일곱이나 되시는 분이 어찌 그리 해맑은 미소를 지을 수 있는지! 감탄할 지경이었다. 삶에서 우러나온 소탈함이 느껴졌다.

교황 선출을 위해 전 세계 추기경이 한자리에 모여 미켈란젤로의 '천지창조' 천장화가 그려진 성 시스틴 성당에서 진행되는 투표. 이른바 '콘클라베'라는 비밀회의이다. 교황이 선출되면 임시로 설치된 굴뚝이 흰 연기를 뿜고 종이 울리면서 베드로 광장에 모여 있던 군중이 환호한다. 이어 새 교황은 군중 앞에 나서서 교황직을 수락하고 며칠 뒤 취임식이 화려하게 펼쳐진다. 이탈리아의 세계적인 거장 난니 모레티 감독의 영화 〈우리에겐 교황이 있다〉Habemus Papam, 이탈리아, 2010년, 102분는 가장 중요한 절차인 교황직 수락 연설에서 문제가 생긴 상황을 전제로 한다.

하베무스 파팜

멜빌 추기경미셸 피콜리은 글자 그대로 전혀 준비되지 않은 상태에서 얼떨결에 교황으로 선출되었다. 그리고 광장에 모인 수만 군중 앞에 나아가 연설하기 직전에 갑자기 소리를 지르며 자리를 떠난다. 이미 추기경이 "교황님이 선출되었습니다Habemus Papam"라는 말까지 한 후였다. 그리고 시작되는 대혼란!

수락 연설이 있어야 교황 선출 절차가 마무리되기에 모든 추기경은 임의로 교황청을 떠날 수 없게 되었다. 갑자기 교황청 전체가 장기투숙 호텔이 되어버리고, 집사들은 추기경들을 모시느라 동분서주한다. 전 세계 언론은 이 예측 못한 사태에 촉각을 곤두세우고 급기야 교황청은 봉쇄되고 마는데……. 이 와중에 가장 혼란을 겪는 사람은 물론 멜빌 추기경이다. 혼란에 빠진 그가 교황직을 수락하게 만들기 위해 다양한 대책이 강구되었으며 결국 정신과 의사난니 모레티까지 비밀리에 교황청에 불려온다.

멜빌 추기경은 주변의 압박에 못 이겨 경비를 속이면서 교황청을 탈출, 로마 시내를 배회한다. 추기경은 거리에서 다양한 사람들을 만나는데, 그들을 통해 스스로 돌아보는 기회를 가지고 결국 자신이 어떤 사람인지 깨닫기에 이른다. 그사이 교황 역할을 대신한 경비병은 놀라우리만치 대역에 충실했다. 사실 커튼 뒤에 숨어서 가끔씩 손만 적당히 흔들면 다들 알아서 교황의 심중을 헤아려주니 그리 어려울 게 없었다.

교황직을 정의할 때 '로마 교구의 교구장 주교이며, 그리스도의 대리자이며, 베드로의 후계자이며, 서방 교회 최고의 사제이며, 총대주교이며, 이탈리아의 수석 대주교이며, 바티칸 시국의 원수元首이며, 세계 주교단의 단장이며, 현세 교회를 통괄하는 최고 사목자'라는 장문의 수식어가 붙는다. 이 긴 호칭만으로도 예사 사람은 질리고 말 것이다. 더구나 이름에 맞는 모든 역할을 감당해야 한다니 누가 그 큰 부담을 감당할 수 있을까?

영화의 주제는 분명하다. 교황도 하느님의 연약한 피조물이기에 선택의 기로에 놓이면 주저할 수 있고, 바로 거기서 인간 교황의 진실한 모습을 찾을 수 있다는 것. 사실 우리는 언제나 사람을 보지 않고 그 사람이 앉은 자리부터 살피곤 한다. 자리가 사람을 만든다는 말도 종종 하지 않는가! 아무리 그렇다 해도 자리만 남고 사람이 사라지는 것은 아니다. 교황도 마찬가지이다. 그런 의미에서 멜빌 추기경과 로마 시내에서 찾아간 (교황청에 불려간 의사의 부인인) 또 다른 정신과 의사와 나눈 대화가 압권이었다.

"직업이 무엇이죠?"

"배우!"

영화의 주제의식이 잘 드러나는 대화였다.

교황의 인간적인 모습을 주제로 삼다보니 영화에서 고위성직자들의 파격적인 모습들, 아니, 한걸음 나아가 다소 성스럽지 못한 모습들까지 다루어진다. 그리고 영화를 열심히 따라가다 보면 정신적으로 아직 미숙한 사람들이 12억이나 되는 엄청난 가톨릭 신자를 이끌어나가는 게 아닌가 하는 우려도 자연스럽게 생겨난다. 하지만 진실은 하나다. 인간은 행동하지만 계획은 하느님이 세운다. 그러니 새로 뽑힌 교황의 좌충우돌 인생도 따지고 보면 하느님의 섭리라고 할 밖에. 비록 인간의 머리로는 이해하지 못한다 할지라도 말이다. 감독은 교황직에 대한 현대적인 해석에 총력을 기울였고, 덕분에 많은 생각거리를 얻었다.

프란치스코 교황의 미소

프란치스코 교황의 미소는 인상 깊은 것이었다. 자연스럽고 자애로운 미소, 몇 번을 들여다봐도 호감을 주는 미소라고나 할까. 그런 미소를 지을 수 있는 인물이라면 내면의 성숙함도 틀림없이 깊을 것이다. 교황 즉위식은 유구한 전통을 반영하느라 빈틈없는 형식이 강조되었지만 그분의 한 조각 미소를 당해낼 수 없었다.

세상엔 여러 종류의 웃음이 있다. 옅은 미소가 있는가 하면 활짝 웃음이 있고, 해맑은 웃음이 있는가 하면 쓴웃음도 있다. 물론 우리는 박장대소와 억지웃음을 구별할 줄 안다. 성서에는 예수님의 웃음에 대해 한 줄도 나와 있지 않지만, 추측컨대 예수님도 통쾌한 웃음으로 사람들에게 인기가 높았을 법하다. 그리고 예수님 자신뿐 아니라 주변 사람들에게도 웃음을 선사하셨을 것이다. 그렇지 않고서야 어찌 5천 명이나 되는 사람들의 시선을 단숨에 사로잡을 수 있었겠는가.

2014년 한국을 방문한 교황은 자신의 소신을 담아 소박하고도 분명한 행보를 보여주었다. 지위에 맞지 않게 소형차를 의전차량으로 사용했고, 고속열차KTX의 일반실을 타고 이동했으며, 방탄유리도 아닌 차로 카퍼레이드를 벌였다. 교황의 말인즉 "만일 하느님께서 내 목숨을 뺏어간다 해도 어쩔 수 없는 일"이란다. 배짱도 보통 배짱이 아니다. 그리고 방문 내내 '세월호'를 입에 올려 우리나라를 근본부터 흔든 비극에 동참했고, 부자들의 이기적인 욕심과 자본주의의 추한 민낯을 비난했다. 고급 호텔을 마다하고 방문 기간 내내 교황청

대사관에서 묵은 것도 기억난다. 현대 교황이라면 사실 그 정도는 되어야 말이 먹혀들 것이다.

과거에도 교황좌에 오르면서 평소의 이미지를 완전히 개선한 교황이 있었다. 제2차 바티칸 공의회를 열어 가톨릭교회의 대혁신을 이끈 '착하신 교황' 요한 23세1958-1963는 교황이 되기 전에는 우유부단한 인물로 알려졌지만 교황직에 오르자 놀라운 추진력을 보여준 바 있다. 프란치스코 교황은 명실 공히 세계 가톨릭교회의 지도자인 만큼 그 미소처럼 부드럽고 융통성 있게 문제들을 해결해나갔으면 한다. 그것이 사람 좋아 보이기만 하는 미소가 아니라 막강한 내공에서 절로 뿜어져 나오는 웃음이기를.

오늘날 가톨릭은 교회 깊숙이 파고든 물질만능주의와 뼛속까지 자본주의에 물든 세상, 여성 사제직, 사제 숫자 감소, 사제들의 어린이 성추행, 냉담자 증가 등 하나하나 거론하기조차 힘든 많은 문제들을 마주하고 있다. 그중 하나가 중세의 산물이기도 한 '성직자의 권위주의'라 할 수 있다. 오늘날 성직의 권위 추락은 인간이 내적 성찰 없이 성직에 오르면 어떤 결과가 오는지 잘 보여준다.

〈우리에겐 교황이 있다〉는 교황의 선출과정을 접하며 떠오르는 영화였다. 감독은 교황청 내부로 들어가 일반인이 볼 수 없는 부분까지 알려준다. 덕분에 영화를 아주 즐겁게 보았다. 〈우리에겐 교황이 있다〉의 결론은 의외였지만 오히려 그렇게 끝을 내는 게 현대인의 감각에 맞을지 모른다는 생각이 들었다. 가톨릭 신자가 아니더라도 그 의미를 짐작할 것이다.

현대인은 무릇 권력과 지위를 앞세우는 지도자에게 저항감을 느낀다. 그리고 무엇이든 지도자의 언행을 이성적으로 수긍해야 동기가 부여된다. 지금은 비록 고압적인 자세의 종교 지도자들이 한국 교회에서 판을 치고 있으나 한 계단 내려와 이성에 호소하는 설득이 힘을 얻는 날이 반드시 올 것이다.

〈인사이드 르윈〉 & 〈비긴 어게인〉

───────

코엔 형제조엘 코엔, 이선 코엔가 만드는 영화를 좋아한다. 사회에 대한 냉철한 비판과 인간에 대한 깊이 있는 성찰이 담겨 있으면서도 영화적인 재미를 놓치지 않아서이다. 그리고 또 하나의 특징으로, 영화에서 다루는 소재가 다양하다는 점도 꼽을 수 있다. 〈아리조나 유괴사건〉1987, 〈파고〉1996, 〈노인을 위한 나라는 없다〉2007, 〈시리어스 맨〉2009, 〈더 브레이브〉2010 등을 떠올리는 것만으로도 충분하다. 이런 작품들을 쭉 훑고 나면 코엔 형제가 포크송 시대의 가수 한 사람을 다룬들 이상할 게 없으리라.

인사이드 르윈

르윈 데이비스오스카 아이작는 뉴욕 뒷골목 선술집 무대에서 포크송
을 부르는 가수이다. 재능도 어느 정도 있고, 작사며 작곡도 나쁘지
않게 해내지만 늘 가난에 찌들어 산다. 1962년 추운 겨울의 며칠 동안
그는 뉴욕에서 시카고로 여행을 떠난다. 유명 프로듀서인 버드 그로
스맨머레이 에이브러햄에게 자신의 능력을 보여주기 위해서이다. 2013년
칸 영화제에서 심사위원대상을 받은 〈인사이드 르윈〉조엘 코엔/이선 코엔
감독, 미국, 2013년, 105분은 이렇게 시작된다.

영화는 포크송이 유행하던 시절의 정서를 사실적으로 담아냈다.
포크송을 처음 접한 학창시절을 떠올리며 감상했다. 특히 포크 그룹
'피터, 폴 앤드 메리'와 밥 딜런의 노래를 들으며 더욱 정감을 느꼈
다. 'The last thing on my mind', '500miles', 'Farewell' 등 포크송에
대한 기억도 새로웠다. 르윈은 그로스맨에게 재능을 증명하기 위해
자신의 음반 'Inside Llewyn'에 실린 곡 'The Death of Queen Jane'
을 들려준다. 내게는 영화에서 가장 아름다운 곡이었다. 산고產苦를
참지 못해 자기가 죽더라도 좋으니 아기를 제발 꺼내달라는 제인에
게 왕은 말한다. O Jeany, O Jeany, this never will do, It will leese
thy sweet life, and thy young babie too. 오 지니, 오 지니, 그런 말 하지 마오.
내 어찌 당신의 아름다운 숨을 끊으리오. 그리고 어떻게 아기의 목숨을 앗으리오.

흑백 영화를 연상시킬 정도로 단순하게 처리된 색상도 인상 깊었
다. 배우들의 옷차림과 연기도 온전히 당시의 것이어서, 마치 50년
전으로 시간여행을 떠난 듯했다. 포크송 시대를 그리워하는 음악 팬

을 겨냥한 영화라 해도 설득력을 가질 만했고, 한국의 많은 평론가들 또한 〈인사이드 르윈〉을 향수를 불러 일으키는 영화로 분류했다. 하지만 내 생각은 조금 달랐다. 코엔 형제가 지금까지 만든 영화들을 떠올려보면 단순한 과거 회상식의 작품은 없었기 때문이다.

이 영화에는 코엔 형제의 이전 작품들처럼 사회 풍자와 인물에 대한 성찰이 담겨 있다. 르윈은 이리저리 신세를 지고 다니며 자신을 따뜻하게 대해주고 도와주려는 사람들을 마구잡이로 대하는 못된 사람이다. 그의 대학 은사 부부는 르윈의 재능을 알아보고 변치 않는 애정을 보여준다. 하지만 르윈은 배은망덕한 행동을 서슴지 않는다. 또한 자신의 알량한 재능만 믿고 친구인 진캐리 멀리건과 짐저스틴 팀버레이크의 선의를 헌신짝 취급한다. 가족에게도 망나니짓을 하기는 마찬가지이다. 누나에게, 그리고 아버지에게도 몹쓸 말과 행동을 한다. 그의 부랑아 기질은 집 잃은 고양이를 통해 상징적으로 표현되는데, 르윈은 결국 불쌍한 고양이에게까지 의리를 지키지 않는다.

한마디로 르윈 데이비스는 기본이 안 된 사람이다. 그의 지인들과 사회가 보여주는 호의에 감사할 줄 모른 채 제멋대로 사는 떠돌이에 불과하다. 자신의 대표곡인 'Hang me, Oh hang me'의 가사인 "…I've been around the world, put the rope around my neck, hung me up so high세상 구경 잘 했어요, 내 목에 밧줄을 걸어줘요, 그리고 높이 매달아줘요"처럼 염세적인 발상만 맴돌 뿐이다.

〈인사이드 르윈〉은 음악 영화답게 훌륭한 노래들을 들려주었으며, 세상과 인간의 깊이를 보여주는 감독의 시각도 분명했다. 어느 사이

엔가 타성에 젖어 있는 자신을 돌아볼 수 있게 만드는 영화였다. 르원으로부터 50년쯤 후, 역시 뉴욕에 그와 확실하게 인생관을 달리하는 뮤지션이 등장한다. 이제 그레타의 이야기를 들어보자.

비긴 어게인

2014년 여름 우리나라 극장가를 뜨겁게 달군 흥행작은 단연 〈명량〉이다. 하지만 이에 맞서 전무후무한 흥행기록을 펼친 또 다른 작품이 있었으니, 개봉 24일 만에 100만 관객을 돌파하며 '다양성 영화' 분야에서 독보적 흥행을 이어간 〈비긴 어게인〉Begin Again, Can a Song Save Your Life?, 존 카니 감독, 미국, 2014년, 104분이다. 사랑의 아픔과 그리움, 그리고 그 안에 담긴 아름다움을 노래한 〈원스〉Once, 2006의 존 카니 감독이 다시 한번 음악으로 삶을 치유하는 감미로운 스토리를 선사한 것이다.

스타 반열에 오른 남자친구 데이브애덤 리바인에게 버림받고 홀로 뉴욕에 남겨진 싱어송라이터 그레타키이라 나이틀리. 가장으로서 인정받지도 못하고 본인이 세운 회사에서도 해고당한 음반 프로듀서 댄마크 러팔로. 갈 길 잃은 두 남녀가 반짝이는 뉴욕의 어느 한 작은 술집에서 우연히 만나면서 이야기는 시작된다. 꼬일 대로 꼬여버린 삶의 상처가 아직 아물지 않은 이들이 과연 음악이라는 마법을 통해 삶을 다시 시작begin again할 수 있을까?

추억의 저편으로 흩어져버린 사랑과 잃어버린 삶을 되찾기 위해 이들이 함께하는 도전은 '도시 한복판에서 음반 제작하기'이다. 아이들 떠드는 소리를 비롯한 온갖 소음, 차의 경적이 난무하는 도시 한복판에서 앨범을 녹음한다니 황당무계하게 들리지만 가난한 이들에게 선택의 여지란 없다. 이들은 센트럴파크, 차이나타운, 엠파이어스테이트 빌딩 등 뉴욕의 구석구석을 스튜디오 삼아 음악을 녹음하는데, 그 과정에서 소중한 사람들을 만나고 다시 웃음꽃을 피우며, 삶의 방향을 차츰 되찾는다.

〈비긴 어게인〉은 음악영화다. 감독은 음악을 상품화시켜 돈을 버는 것도 중요하지만 그보다 더 중요한 요소로 '진정'이 녹아 있어야 한다고 지적한다. 댄이 바에 들어가 그레타의 노래'A step you can't take back'를 듣는 순간, 그의 상상 속 눈과 귀는 피아노와 첼로와 바이올린과 드럼의 반주를 보고 듣는다. 노래의 숨은 가치를 발견하는 순간이다. 그리고 댄과 서먹해진 딸 바이올렛헤일리 스테인펠드이 베이스 기타로 악단에 참여하는 장면에서는 가족의 화해가 이루어진다. 그때 연주된 곡은 '집에 가고 싶으면 말해요Tell me if you wanna go home'다. 이 영화가 살아 있음을 알려주는 핵심 장면들이다. 더불어 그레타와 댄이 뉴욕을 활보하는 장면도 좋았다.

마음을 들여다보다

영화 속 감독의 메시지를 전달하는 매개체로 Y잭을 눈여겨볼 필요가 있다. 댄의 차에 걸려 있던 이 Y잭은 하나의 인풋Input에서 흘러나오는 음악을 두 갈래 아웃풋Output으로 전달해 등장인물들이 같은 음악으로 만나는 연결고리가 되어준다. 댄과 그레타 역시 밤새 Y잭으로 함께 음악을 듣고 뉴욕의 밤거리를 누비며 서로의 마음을 들여다보는 순간을 맞이한다.

　뉴욕의 밤거리에서 댄은 지금 바로 이 순간, 그리고 이 순간을 마주하기 위해 거쳐온 모든 과정들이 전부 아름답게 빛나는 진주 같은 찰나였다고 넌지시 말한다. 각자가 겪은 실패의 경험까지 서로를 만나기 위한 과정이 된 것이다. 시간이 지나고 나이가 들수록 매순간 소중한 진주들을 보지 못하고 삶의 굴레 밖으로 놓쳐버린다. 삶의 진정한 아름다움은 지금 이 순간 바로 내 곁에 존재하는 법. 지금이 바로 '내 인생의 귀중한 순간For once in my life'이다. 댄과 그레타처럼 '길 잃은 별들Lost stars'이 만나 만든 최상의 하모니. 그 소박한 찬란함을 빚어내기 위해 거쳐온 시련과 아픔, 이별은 어쩌면 필연이었으리라.

　〈비긴 어게인〉과 〈인사이드 르윈〉은 서로 확연하게 분위기가 다른 영화들이다. 시리도록 아프지만, 그래서 아름다운 우리의 삶을 음악으로 담아낸 영화이다. 우리가 삶의 무게에 짓눌려 바로 옆에 놓인 아름다운 진주를 엮어내지 못하고 날려버리진 않았는지 돌이켜볼 기회를 선사하는 것이다. 그레타에게 그녀만의 인생의 끈에 진주를 엮을 순간은 바로 지금이다. 시원한 가을바람에, 높게 빛나는 달빛에, 길가에 핀 한 송이 꽃에, 나를 향한 따뜻한 미소에 감사함을 느끼면서.

───○ #음악영화 #음악속에서인생을보다 #인생이라는끈에진주를엮다

천국에서
보낼
30분

〈무뢰한〉 & 〈악마가 너의 죽음을 알기 전에〉

2015년 칸 영화제에서 우리나라 영화 두 편이 '주목할 만한 시선' 부문에 후보작으로 선정되었다. 신수원 감독의 〈마돈나〉한국, 2014년, 120분와 여기서 소개하는 〈무뢰한〉오승욱 감독, 한국, 2014년, 118분이다. 사실 뚜껑을 열기 전까진 소문에 의존할 수밖에 없는데, 배우 전도연의 연기력을 칭찬하는 이야기가 대부분이었다. 〈밀양〉을 뛰어넘는 연기라고도 했고, 심지어는 메이크업이 남다르다고, 화장품이 궁금하다고도 했다. 여기에 멜로와 하드보일드가 잘 어우러졌다는 평이 희미하게 덧붙여졌다. 즉 거의 온전히 전도연을 위한 영화라는 평가를 받은 셈이다. 하지만 나는 오히려 멜로와 하드보일드에 주목하고 싶다.

한국 영화에서 '폭력물'이라고 하면 조폭 세계의 생리를 낱낱이 보여주거나 회화한 것이 대부분이다. 범법자들의 잔인함을 부각시키고 공권력의 무자비한 진압을 보여주는 데 힘을 기울이기도 한다. 풍부한 볼거리를 만들고자 하기 때문이다. 가뭄에 콩 나듯 좋은 작품도 있지만 킬링타임 영화가 대부분이었다. 그렇다면 〈무뢰한〉에는 무엇인가 다른 데가 있을까? 세계 어느 나라에서건 가장 많이 다루어지는 것이 폭력물이니 무엇인가 변별력을 가져야 했을 텐데, 칸 영화제에서 주목까지 받았으니 말이다. 달라도 무엇인가 다르리라는 기대를 안고 영화 속으로 들어가보자.

무뢰한

형사 정재곤김남길은 독한 사람이다. 그래서 수단 방법 가리지 않고 범인을 검거하는데, 그 전력이 얼마나 지독했는지 선배 형사인 문재범곽도원의 입을 통해 밝혀진다. 하지만 재범이 대놓고 모욕을 주는 수모의 순간에도 재곤은 냉정하다. '선배, 사람들 앞에서 나한테 독설을 내뱉는 이유가 뭡니까?' 하며 따질 만도 한데 말이다. 또한 재곤과 칼잡이 살인용의자 박준길박성웅이 결투를 벌이는 장면에서는 뛰어난 디테일을 보여준다. '싸움 전문가'의 솜씨가 역력히 드러나는 대목이다.

김혜경전도연은 사연이 복잡한 여자다. 산전수전 다 겪었다는 말이 딱 들어맞는다. 젊은 시절엔 강남 룸살롱에서 주가를 올려 암흑가 두목의 애인이 되었다가 그의 부하 박준길과 사랑에 빠지는 바람에 고생길로 나선다. 두목의 눈 밖에 난 혜경은 빚에 몰려 싸구려 룸살롱으로 흘러 들어갔고 술에 만취해 업소를 난장판으로 만들기 일쑤다. 게다가 박준길마저 사람을 살해하는 바람에 도망자가 되었으니 혜경의 삶은 더는 기댈 곳 없는 처지에 놓이고 만다. 탈출구가 보이지 않는 인생, 룸살롱 부장으로 위장해 접근한 재곤이 끼어들기에 아주 적당한 조건이다.

곽도원과 박성웅은 자신들의 연기 역량에 비해 그리 부각되지 못한 반면, 악당 중의 악당 민영기(김민재)는 자신의 존재감을 뚜렷이 하였다. 암흑가 두목의 하수인 역을 맡은 김민재는 표정 연기나 걸음걸이, 야비한 말투까지 진짜 무뢰한다운 면모를 보여준다. 상황을 전체적으로 꿰뚫고 있는 유일한 인물이자 '성품이 막되어 예의와 염치를 모르며, 불량한 짓이나 하며 돌아다니는 사람'이라는 무뢰한의 사전적 정의에 딱 들어맞는 인물이었다. 배우 김민재는 이 영화를 통해 주연급으로 부상할 바탕을 마련했을 것이다.

이 세 사람이 만들어내는 이야기는 그 자체로 탁월한 구성이 돋보인다. 살인자를 잡기 위해 잠입한 형사가 살인자의 애인에게 접근하다 사랑에 빠지면서 파국으로 치닫는다는, 다소 빤한 흐름에 새로운 긴장감이 더해진다. 특히 세 사람이 둘씩, 둘씩 얽히고설키는 설정이 좋았고, 혜경이 빚진 돈을 갚으러 간 자리에서 세 사람이 한 번 마주치고, 혜경이 납치된 현장에서 셋이 또 한 번 마주치는 상황은 정말이지 흥미로웠다. 둘둘, 셋셋, 마치 박자에 맞춰 그네를 타듯 이야기에 리듬이 생겼으며 그때마다 단단한 이야기 흐름이 형성되었다. 감독은 아마도 영화 구성에 대해 오랫동안 연구했을 것이다.

악마가 너의 죽음을 알기 전에

보기에 따라서는 형사도 얼마든지 무뢰한이 될 수 있다. 그래서 남의 인생에 끼어들어 허락도 없이 온통 헤집어놓고 깊은 상처를 남긴 채 어느 날 떠나버린다. 형사에게는 사건의 해결만 있을 뿐 선과 악이라는 기준은 존재하지 않는다. 재곤의 행보는 칸에서 주목받은 영화 중 〈악마가 너의 죽음을 알기 전에〉시드니 루멧 감독, 미국, 2007년, 116분라는 작품을 연상시키는 구석이 있다.

"당신은 아마 30분쯤은 천국에 있을 것이다. 악마가 당신의 죽음을 알기 전에May you be in heaven a full half hour before the devil knows you're dead." 영화 첫 장면에 앤디필립 세이모어 호프만가 그의 아내 지나마리사 토메이와 요란한 잠자리를 한 직후 등장하는 문구다. 감독들은 영화의 첫 장면을 가능한 한 인상 깊게 장식하려 한다. 〈악마가 너의 죽음을 알기 전에〉는 이 같은 감독의 의도가 완벽하게 성공한 작품이다. 그 정도로 강하게 시작했으니 그다음 이야기는 또 얼마나 흥미진진할까?

앤디와 행크이선 호크 형제는 돈이 궁한 처지였다. 그들은 보석가게를 털 궁리를 하는데 누구보다 그 가게를 잘 알고 있기에 성공을 확신했다. 어린 시절부터 보아왔고 일도 했던 부모의 가게이기 때문이다. 하지만 꼼꼼하게 세운 계획을 한 번의 실수로 망치는 바람에 모든 게 뒤죽박죽되고 만다. 사태는 순식간에 걷잡을 수 없이 치달아 최악의 지경으로 추락하고, 결국 형제는 죽음과 대면하는 순간에 맞닥뜨린다. 잔혹한 범죄를 다루지만 영화가 전달하는 메시지는 매우 철학적이다. 앤디와 행크는 사건이 진행되는 동안 매번 선택의 기로에 놓인다. 심약한 행크는 임기응변을 발휘해 살살 피해나가려 하지만 번번이 실패한다. 그에 비해 앤디는 상당히 침착한 편이다. 항상 두세 단계 앞을 내다보고, 장기적 안목 덕분에 범죄에서 벗어나는 데 거의 성공할 뻔했다. 그러나 이야기의 중심이 형제의 아버지 찰스앨버트 피니로 옮아가면서 앤디의 계획은 실패하고 만다. 인간의 힘으로 도저히 도달할 수 없는 한계가 있었던 것이다.

이 두 영화가 철학적인 이유는, 현대 사회를 배경으로 범죄를 다루는 듯하지만 실은 인간이 오래전부터 고민해온 중요한 주제를 거론하고 있기 때문이다. 바로 '양심'의 문제. 인간은 자신의 행동을 어떻게든 합리화하려 노력한다. 남의 잘못에는 엄격한 기준을 들이대지만 자신의 잘못에 대해서는 관대하다. 누구라도 나처럼 행동했을 거야, 내가 잘한 일이 얼마나 많은데 이쯤이야, 그때는 너무 정신이 없어 그랬던 거야, 누구나 그렇잖아, 과연 누가 나에게 돌을 던질 수 있겠어……. 갖가지 말로 자신을 위로해보지만 '양심'은 언제나 은근슬쩍 돌아와 인간을 괴롭힌다.

선택의 순간

〈무뢰한〉의 주인공 재범에게도 선택의 순간이 주어진다. 사랑에 빠진 혜경과 도망을 칠 것인가, 아니면 형사로서 임무를 다할 것인가? 혜경과 줄행랑을 놓는다면 인생은 복잡하게 꼬이겠지만 평생 지고 살아가야 할 마음의 부담은 떨쳐낼 수 있다. 그러나 형사로서 할

바를 다하면 그 후로 혜경이 겪어야 할 불행이 빤하다. 역시 '양심'의 문제인 것이다. 여기서 이 영화를 애정물로 볼 여지가 제공된다.

혜경은 사랑하는 사람에게 온 맘을 쏟는 여자다. 그래서 거짓말인 줄 훤히 알고도 준길의 요구를 다 들어주며, 이용당하는 게 뻔한데도 의리를 지킨다. 그랬던 혜경과 준길의 사이에 재범이 끼어들고 혜경은 흔들리기 시작한다. 전도연의 연기가 뛰어나다면 바로 이 지점에서이다. 한때 모든 남자들을 유혹하던 혜경이 지금은 땅으로 추락하는 중이고, 거의 바닥까지 내동댕이쳐질 무렵 재범을 만난 것이다. 재범을 향한 그녀의 맘이 얼마나 불안정하겠는가? 배우 전도연의 눈빛 연기나 몸짓 하나도 예사롭지 않았다.

폭력과 애정이 섞인 영화는 대체로 결말이 어두운 편이다. 모두 허무하게 죽어버리거나 만신창이 인생이 되고 만다. '사랑'뿐 아니라 '양심'을 일깨워준 혜경 앞에서 재곤은 '난 그저 내가 할 일을 했을 뿐이야'라는 궁색한 변명을 늘어놓는다. 하지만 그 말에 진심이 담겨 있으리라곤 생각하지 않는다. 칸 영화제는 예로부터 예술성에 방점을 두어 심도 있는 표현을 높이 사왔다. 〈무뢰한〉이 주목받았다면 아마 혜경과 재곤, 두 남녀의 마음의 흐름을 끝까지 놓지 않은 데 있을 것이다.

인간에게 죽음은 무엇일까? 영혼불멸을 믿는 사람에겐 죽음이란 그저 지나가는 과정 정도로 여겨질지 모른다. 하지만 보통은 죽음을 통해 하나의 단계가 마무리된다고 생각한다. 그래서 죽음을 앞두고 스스로 도달할 인생의 목표를 설정하고, 이를 성취하려고 노력을 기울인다. 삶을 의미 있게 만들어보려는 시도이다.

죽음에 도달하기 직전, 당신은 30분쯤 천국에 있을 것이다. 악마가 당신의 죽음을 알기 전에! 과연, 이 문장의 어디에 방점을 두어야 할까? 30분쯤의 천국에 두어야 할까, 죽음을 알아챈 악마에게 두어야 할까, 아니면 문장 전체에 두어야 할까.

재범은 마지막 가는 길에 서둘러 담배 한 개비를 문다. 악마가 미처 알아차리기 전에.

⊛ 꿈꾸는
여성들

〈해어화〉 & 〈사의 찬미〉

1944년 경성 대성권번의 졸업식. 그 졸업식에서 둘도 없는 친구인 소율_{한효주}과 연희_{천우희}가 함께 졸업한다. 권번이라는 곳이 유곽에서 연락이 오면 노래와 여흥을 제공하는 기녀들을 보내는 곳이기에 그리 자랑스러울 게 없는 졸업식이다. 하지만 이들을 길러낸 산월_{장영남}에게는 남다른 의미가 있는데, 노래와 여흥을 팔지만 한낱 창기_{娼妓}가 아닌 예인_{藝人}을 길러낸다는 자부심에서이다. 기녀의 별칭인 '해어화_{解語花}'란 꺾이지 않는 꽃이란 뜻이기도 하다. 그런 교육원칙 덕분에 소율은 잠시 인기를 얻다 사라지는 유행가가 아닌 정가를 고집하고, 소율에 비해 재주가 일천한 연희는 그저 다정한 친구에 만족할 뿐이었다. 거기다 소율은 비록 기생의 딸이었지만 나름 부잣집 출신이고

어릴 때부터 주목받은 것에 비해 연희는 인력거꾼이 권번에 내다버린 불쌍한 딸이었다. 연희의 입장에선 어릴 때부터 친구로 같이해준 소율에게 감사할 수밖에 없는 노릇이었다. 젊은 유행가 작곡가인 윤우유연석가 그들 앞에 나타나기 전까지는.

해어화

처음에는 〈해어화〉박흥식 감독, 한국, 2015년, 120분에서 감독이 무엇을 이야기하려는지 이해하기 힘들었다. 상황 설정도 진부했고, 주변 인물들의 개성도 살아나지 않았으며, 무엇보다도 소율이 복수의 화신으로 변하는 지점도 불확실했다. 주구장창 내레이션에만 의존한 감독의 전작 〈협녀〉2015의 기억이 되살아나는 느낌마저 들었다. 그러나 영화 후반부로 접어들면서 감독의 의도를 조금씩 이해하게 되었다. 영화의 주제는 일본강점기에 조국이 당했던 수모나, 한 많은 세월을 견뎌야 했던 두 여성의 아름다운 우정이나, 혹은 정가로 대변되는 정통가요에 대한 자존심 등과 거리가 멀었다. 그보다는 어느 시대 어느 사람에게나 해당하는 인간의 본능 즉 욕망에 관한 영화였다. 그렇게 놓고 보니 비로소 이야기의 맥을 잡을 수 있었다.

번화한 1943년 경성의 유흥가. 일제에 조선이 넘어간 지도 이미 33년이나 지나 세상은 일본판이었고 그에 적응한 조선인들의 삶 역시 그런대로 흘러가고 있었다. 어느 정도 지위를 가진 집안에서는 으레 자녀를 일본으로 유학 보냈으며 그들 중에는 항일 지식인들도 많

이 포함되어 있었다. 최근 큰 관심을 모았던 이준익 감독의 〈동주〉
2016에 등장하는 윤동주나 송몽규, 정지용도 실은 모두 일본 유학생들
이었다는 점을 떠올려보자. 국운이 기울어 일제에 편입되고 나니 결
국 일본 본토에서 무엇이든 배워와야 어떻게든 기운을 쓸 수 있던 시
절이었다. 상황이 그러했으니 일본 유학생들이 조선 땅에서 선망의
대상이 될 수밖에. 소율과 연희에게 윤우가 '꿈의 남자'였음은 두말
할 나위가 있으랴.

소율의 꿈틀대는 욕망은 처음부터 윤우를 향해 움직이기 시작한
다. 그러나 감독이 포장을 세련되게 잘해놓는 바람에 욕망의 정체를
미처 눈치 채지 못했다. 괜스레 경무국장^{박성웅} 앞에서 소율이 정가를
부른 게 아니었고, 이난영의 '목포의 눈물'이 뜬금없이 나오거나 연
희가 앞뒤 설명 없이 윤심덕의 '사의 찬미'를 부른 게 아니었다. 소율
의 순박하고 아름다운 얼굴 뒤에 가려진 몸서리치게 무서운 욕망을
숨기기 위한 포석이었다. 그로 인해 영화의 내용이 훨씬 풍부해졌다
는 점을 인정하지 않을 수 없다. 최고가 되려는 욕망! 평생을 두고 씨
름할 정도로 그 욕망의 뿌리는 단단했다.

사의 찬미

〈해어화〉의 배경과 비슷한 시기, 곧 일제강점기에 자신의 재능을
끝내 펴지 못하고 자살을 택한 여인이 있다. 우리에게는 '사의 찬미'
라는 노래로 잘 알려진 윤심덕인데, 그녀의 파란만장한 인생을 다룬

〈사의 찬미〉死의 讚美. 김호선 감독. 한국. 1991년. 160분를 〈해어화〉와 비교하면 당시 여성 예인들의 운명을 어느 정도 그려볼 수 있겠다.

윤심덕장미희은 원래 관비장학시험을 치르고 온 가난한 유학생으로, 동경대학에서 성악을 전공하는 재원이었다. 1920년대이니까 아직 조선의 전통이 상당히 남아 있던 시절이었다. 조선과 달리 비교적 자유로운 공기를 가진 동경에서, 그것도 극히 소수였던 여성 유학생에게 많은 남성들이 매력을 느낀 것은 당연했다. 영화에서는 심덕과 애인 사이였던 김우진임성민이 유학 전 결혼한 부인이 등장하는데, 심덕과 비교하면 평범하기만 하다. 그처럼 유학파 신여성은 일본에서뿐만 아니라 조선에 귀국해서도 빛을 발한다.

와세다 대학교 영문과를 다니던 우진과 음악을 전공한 홍난파이경영을 중심으로 한 유학생들은 여름방학을 이용해 조선을 순회하며 독립운동 자금을 마련할 공연을 계획한다. 물론 여기에 심덕도 참여한다. 이 공연을 계기로 심덕과 우진은 서로에게 끌리고 이로써 심덕은 인생을 마감할 때까지 비운의 여인으로 살게 된다. 윤심덕의 생애는 비교적 많이 소개된 탓에 영화의 줄거리가 예측 가능했고 고전적인 전기형식을 취했기에 충격을 던지는 대목도 없었다. 즉, 요즘 영화와 비교할 때 심심한 편이었다.

이제 윤심덕이라는 특별한 인물에 대해 이야기해보자. 스크린에 비친 윤심덕은 훌륭한 재능을 가진 여인이다. 클래식 가수로서 동경음대에서 주목받았고 밝고 당당한 성격 덕에 유학생 사회에서 선망의 대상이었다. 하지만 그녀의 재능은 조선으로 돌아오면서 온통 망가지고 만다. 우진의 아버지에게 심덕의 클래식이란 난삽한 화류계 놀이에 불과하고, 일본인들은 심덕을 여흥을 제공하는 기녀 이상으로 여기지 않는다. 설혹 그녀가 총독 앞에서 조국의 영혼을 담은 홍난파의 봉선화를 부른다 한들 어느 누구도 심덕을 항일 정신을 가진 애국지사로 간주하지 않는다. 심덕에게는 앞뒤좌우가 꽉 막힌 시절인 것이다. 김호선 감독은 사랑 때문에 현해탄에 몸을 던진, 유행가 가수였던 심덕의 절망적인 상황을 그려내는 데 초점을 맞추었다. 영화 〈사의 찬미〉가 의미 있다면 아마도 그래서일 것이다.

장미희와 한효주

배우 장미희를 거론하지 않을 수 없다. 〈사의 찬미〉가 1991년에 만들어졌으니 장미희가 영화계에 처음 발을 디딘 〈성춘향전〉1976 이후 15년이 지나서 나온 작품이다. 배우에게 시간이 흘러간다는 사실은 여러 가지 생각할 거리를 던진다. 처음 영화에 출연할 때만 해도 젊음은 배우에게 최대의 무기가 된다. 몇 편의 영화를 찍고 주변에서 쏟아지는 찬사에 이제 자신의 인생이 영화배우로 풀리리라는 희망 또한 품게 될 것이다. 이 희망은 세월이 지나면서 점점 더 강해지고, 영화를 몇 편 찍다보면 변치 않을 명성이 곧 손에 잡힐 듯하다. 하지만 그것도 잠시뿐이다. 명성이 언제까지고 지속될 수는 없는 노릇이니 말이다. 그런 의미에서 장미희에게 〈사의 찬미〉는 중대한 도전이었을 것이다. 윤심덕이 유학시절에 보여준 재기발랄한 모습으로부터 재능이 평가절하된 사회에서 느껴야 했던 갈등, 사랑하는 사람에게 외면당하면서 겪는 절망. 그 복합적이고 급변하는 상황을 한 영화 안에서 표현하는 게 결코 쉽지 않았을 테니 말이다. 그러나 장미희는 자신이 15년간 쌓아온 관록을 알차게 보여주었다. 특히 우진의 집에 초대받아 가서 자신의 소신을 뚜렷이 펼치고 재능을 보여주는 장면과 '사의 찬미'를 녹음하러 일본으로 가는 장면을 비교해보면 같은 배우가 연기했다는 사실이 낯설어 보일 정도였다. 자신을 반겨줄 줄 알았던 조국에서 오히려 배신당해 일본으로 떠나야 하는 좌절감이 절절히 드러나는 장면이었다. 극영화치고는 매우 긴 시간인 160분을 그런대로 견디며 볼 수 있었던 것은 순전히 장미희의 연기 때문이었다.

〈사의 찬미〉로 청룡영화상과 춘사대상영화제, 대종상영화제와 제37회 아시아태평양영화제에서 여우주연상을 획득했으니 1991년은 분명 장미희의 해였다. 〈성춘향전〉에서 전국 오디션을 거쳐 미녀 배우로 등장했던 때만 해도 그녀가 이렇게 성장하리라는 사실을 누구도 눈치 채지 못했을 것이다.

〈해어화〉에서 한효주의 연기 또한 뛰어났다. 그녀가 주목받기 시작한 것이 〈광해, 왕이 된 남자〉2012 즈음으로 기억하는데, 몇 년 사이에 당당한 주연급 배우로 거듭나 있었다. 사실 소율은 참으로 힘든 역할이다. 멀어지는 윤우의 사랑과 연희에게 주변의 관심이 옮겨지는 과정, 성공을 위해 경무국장의 애첩으로 들어가는 등의 전환을 단지 눈빛과 표정연기로 소화해내야 했다. 여성이라는 존재가 자기 표현을 하기 힘들던 시대라는 점을 감안하면 이른바 '내면 연기'가 절실히 필요한 배역이었다. 〈해어화〉는 한효주를 다시 보게 만든 계기를 제공했다. 한효주의 상대역인 천우희의 성장 또한 반가웠다. 〈한공주〉2013에서 그해의 신인으로 부각된 그녀가 어느새 주연급 배우가 되었다. 천우희가 연기한 연희는 한결같은 우정으로 소율을 대하는 인물이다. 이미 소율의 마음이 변한 것도 모르고. 그리고 승승장구하며 인생의 황금기를 막 구가하려던 참에 모든 게 비극으로 끝나버린다. 역시 만만치 않은 표현력이 필요한 배역이다.

두 영화 사이에는 묘한 공통점이 있다. 평생의 꿈을 미처 펴지 못한 채 비운의 삶을 산 인물과 재능 있는 여성을 기녀 취급이나 받게 만든 사회적 편견, 일제강점기에 빚어진 굴욕적인 삶 등이 그러했다. 시대를 그려낸 감독들의 포석 외에 훌륭한 배우들이 돋보인 것도 두 영화의 장점으로 꼽을 수 있겠다. 한효주와 천우희도 언젠가 장미희와 같은 큰 배우가 되기를 기대한다. 훌륭한 두 여성 배우의 등장이 천둥소리처럼 들리는 순간이었다.

🎞 증명해봐,
네가 아직도
쓸모 있는지.

〈차이나타운〉&〈조이 럭 클럽〉

─────────

'남성들은 영화 중에서도 범죄물을 좋아하고 여성들은 애정물을 좋아한다.' 이렇게 말하면 크게 실수하는 셈이다. 요즘 영화는, 그리고 요즘 관객은 그렇게 이분법으로 구분하는 일 자체가 어색해졌기 때문이다. 최근에 개봉한 〈차이나타운〉한준희 감독, 한국, 2015년, 110분이 그러했다. 폭력성이 강한 범죄물인 까닭에 스크린에 선혈이 낭자하지만 빼어난 예술성을 보여준 영화였다. 그날 영화관에서 만난 관객의 반은 여성이었고 이들 여성 관객들은 영화를 향한 깊은 몰입을 보여주었다. 장면마다 반응하는 속도가 예사롭지 않았다.

필름 누아르

〈차이나타운〉은 흔히 '필름 누아르'라 부르는 범죄영화로 분류할수 있다. '누아르'란 프랑스어로 '검다'는 뜻으로, 영화와 관련해서는 어둡고 잔혹한 분위기의 범죄물에 해당한다. 예를 들어 자크 드레이 감독이 만든 〈볼사리노〉1970를 살펴보자. 이 영화에 등장하는 악당들 알랑 드롱, 장-폴 벨몽도이 상대편 적들을 향해 기관단총을 발사할 때 망설임은커녕 어떤 표정 변화도 일어나지 않는다. 마치 일상의 작업을 하듯 폭력을 실행하는 것이다. 타인의 시점에서 감정이입 없이 묘사된 폭력이다. 〈차이나타운〉에서 엄마김혜수가 죽어가는 개에게 삽을 휘두르면서, "도와주지도 못할 거라면 이게 나아"라고 할 때의 느낌이다.

폭력은 또한표현이 이상하기는 하지만 아름다움을 내포하기도 한다. '미학'이라는 철학용어를 빌려 '폭력미학'이라 부르는 경우인데, 이런 영화는 폭력 그 자체에서 머물지 않고 폭력이 행사되는 이유를 살펴보아야 한다. 폭력미학을 추구하는 우리나라의 대표적 감독은 박찬욱이다. 〈올드보이〉2003의 주인공 오대수최민식가 폭력을 휘두르는 이유가 처음엔 불분명하다. 그는 어이없는 감금생활의 원인을 찾아야 했고 원인을 찾아 들어가면 들어갈수록 자신이 얼마나 무참히 파괴되는지 경험한다. 반면 오대수를 향한 이우진유지태의 폭력이 갖는 합리적인 이유는 점점 더 분명해진다. 〈차이나타운〉에서 일영김고은은 엄마가 왜 자신에게 지나칠 정도의 벌을 내리는지 이해할 수 없었고 엄마에 대한 복수의 끝에서 처참하리만치 잔인한 진실을 발견한다. 철학적으로 말해, 정체성의 재설정이 이루어지는 순간이다.

범죄영화에서 빼놓을 수 없는 기법이 바로 스릴러이다. 범죄물이라면 영화가 끝날 때까지 손에 땀을 쥐게 해야 하고, 스릴러적 기법은 공포와 긴장감으로 영화의 맥을 살린다. 오래되기는 했지만 〈미져리〉1991를 대표적인 스릴러로 꼽을 수 있다. 주인공 애니캐시 베이츠는 평소부터 흠모하던 소설가 폴제임스 칸을 가둬놓고 소설을 쓰게 만든다. 탈출하려던 폴이 붙잡히고, 그의 발목이 애니에게 꺾이는 장면이란! 캐시 베이츠는 이 영화로 아카데미 여우주연상을 받아 출중한 연기 경력을 시작하게 된다. 〈차이나타운〉에서 정신지체 장애인으로 나오는 홍주조현철에게 주목해주시길. 한준희 감독은 대체 어디서 천사와 악마의 세계를 들락날락 하는 배우를 찾아낸 것일까. 배우 조현철 덕분에 영화가 확 살아났다.

삶의 가장자리에 선 사람들

〈차이나타운〉의 배경은 인천의 중국인 거리. 삶의 가장자리에 선 사람들이 몰려드는 곳이다. 돈을 벌려고 불법으로 한국 땅을 밟은 중국인들이 차이나타운을 찾아오고 이들로부터 돈을 받고 가짜 신분증을 만들어주는 게 일명 '엄마'가 하는 일이다. 그러다 보니 자주 폭력시비에 연루되기에 엄마는 믿음직한 식구들을 거느려야 한다. 그리고 누구도 자신을 깔보지 않도록 냉정하고 잔혹한 카리스마를 보여주어야 한다. 뉴욕의 차이나타운을 배경으로 하는 수많은 범죄영화를 떠올려보면 이 같은 배경을 한층 확연히 이해하게 될 것이다.

이 음울한 범죄의 거리에서 큰 세력을 형성한 엄마는 두목으로 손색이 없다. 아랫사람을 다루는 능력은 물론 곳곳에 첩자들을 심어놓아 거리 구석구석의 상황에 정통하다. 거기다가 경찰과도 공생하는 관계라 여간해선 그녀의 아성을 무너뜨릴 수 없다. 겉으로는 직원 몇 명을 둔 사진관 주인이지만 그녀의 실제 모습은 왕국의 지배자를 연상시킨다. 과연 그녀의 약점은 무엇일까?

소설을 많이 읽은 독자라면 알고 있겠지만, 만일 추리소설을 읽다가 조금이라도 지루해지면 즉시 그 본분이 상실되고 만다. 영화도 마찬가지이다. 긴장의 끈을 잔뜩 움켜쥔 이야기 전개는 스릴러를 가장 그럴듯하게 만들어내는 일등공신이다. 〈차이나타운〉에 깔린 여러 복선은 마치 추리소설을 읽는 듯하다.

일영의 어린 시절, 순수한 석현의 등장, 웃고 있는 일영의 사진, 자동차 트렁크 속에서 일영의 독백, 그리고 엄마와 일영의 묘한 관계까지. 이 모든 복선들은 비극적인 결말로 관객을 이끈다. 아니 결말보다는 차라리 결말로 나아가는 과정에 보다 집중하게 만든다고 해야 옳을 것이다. 눈치 빠른 관객에겐 이미 영화의 결말이 간파되었을 테니 말이다.

어머니와 딸

일영은 지하철 보관함 10번에 버려졌기에 '일영'이라는 이름이 붙었다. 그렇다면 누구인가 일영을 그곳에 버린 사람 또한 존재할 것이다. 그는 왜 아이와 이별하려 했을까?

영화 〈조이 럭 클럽〉The Joy Luck Club, 미국, 1993년, 139분에도 비슷한 상황이 등장한다. 영화를 연출한 웨인 왕은 일찌감치 할리우드에 진출한 중국 감독으로 〈스모크〉1995, 〈차이니즈 박스〉1997 등 주로 인간의 따뜻한 내면을 다루는 영화를 만들었다. 한때 인본주의를 표방하며 할리우드를 이끌던 감독들, 이를테면 데이비드 린이나 윌리엄 와일러의 맥을 잇는다고 해도 과언이 아니다.

〈조이 럭 클럽〉에는 모두 12가지 이야기가 들어 있다. 네 어머니와 네 딸의 이야기, 그리고 각각의 어머니와 딸이 맺은 관계들이다. 이 복잡한 이야기 구조에서 보여주는 어머니의 마음은 결국 하나이다. 인생을 낭비해선 안 되고, 못된 남편을 만나 고생하는 일이 없어야 하고, 어떤 경우라도 자신의 가치를 포기하지 말아야 하며, 후회 없는 삶을 살아야 한다고. 어머니는 자신이 범한 실수를 딸이 반복하지 않게 도우려 하지만, 그 시도가 항상 성공하는 것은 아니다.

묘하게도 딸들은 하나같이 어머니의 전철을 밟는 어리석은 삶을 선택한다. 그리고는 말한다. '어머니, 제발 제 일에 참견하지 마세요.' 그러나 딸이 잘못되는 것을 뻔히 알면서 손 놓고 있을 어머니가 있겠는가. 그런 점에서도 영화에 등장하는 모든 어머니는 하나로 통한다. 하지만 이미 장성해서 제 갈 길을 가버린 딸에게 어머니가 과연 어떤 충고를 할 수 있을까? 그렇게 암담한 상황에서 웨인 왕 감독은 한 줄기 '희망'을 찾아냈고, 한준희 감독은 '절망'을 찾아냈다. 〈차이나타운〉이 범죄영화이기 때문이기도 했지만, 그보다는 모녀 관계에 반드시 존재하는 어두운 면 때문이다.

자신의 모든 것을 딸에게 주려 하지만 반밖에 허락되지 않는 가련한 어머니, 어머니의 반은 닮고 싶지만 반은 닮고 싶지 않은 딸, 자신의 딸을 키우면서 비로소 돌아가신 어머니를 이해하는 딸. 그처럼 영원히 채울 수 없는 간격이 어머니와 딸 사이에 놓여 있다. 딸은 어머니를 결코 이해하지 못한다. 그래서 어머니의 여러 모습에 때론 실망하고 때론 싸우면서 성장한다. 그러면서 다짐한다. "나는 절대 엄마처럼 안 될 거야!" 그러는 딸을 보면서 엄마는 이렇게 말한다. "너 같은 딸 하나만 꼭 낳아라!"

김혜수를 처음 본 게 30년 전이었던가, 청소년잡지의 표지모델로 얼굴을 알렸을 때였다. 사실 그때는 표지모델의 전성시대라 김혜수 외에도 이미연, 이상아, 하희라, 채시라, 김희애 등등이 전성기를 구가했다. 특히 그중에서도 김혜수는 쉬지 않고 발전해온 경우다. 우리나라 영화계는 중견배우를 키워내는 데 인색하다. 그래서 40대 중반의 나이로 '엄마'처럼 복합적인 성격을 소화해낼 만한 배우가 많지 않다. 이런 악조건에서 김혜수는 단연 빼어나다. 걸음걸이 하나까지 세심하게 주의를 기울인 흔적이 눈에 띄었다.

김고은과 관련해선 두 편의 영화가 기억난다. 영화평론가협회에서 수여하는 신인여우상을 획득한 〈은교〉2012와 이민기와 맞서 한 판 싸움을 벌인 〈몬스터〉2012. 두 영화 모두 인상 깊었다. 아직은 아역에 가까워 보이는 앳된 얼굴에서 이렇게 뚜렷한 성격의 배역을 소화해낼 수 있다는 게 놀라웠고, 기뻤다. 깎아놓은 듯 미끈한 얼굴이 대부분인 우리나라 영화계에 김고은 같은 배우가 있다는 게 고맙게 느껴졌다.

잔혹한 범죄영화에서 김혜수와 김고은의 조합은 뜻밖이었고 새로웠다. 살짝 겉멋(?)이 들었다는 인상도 받았지만, 신선한 시도였음이 분명하다. 〈피도 눈물도 없이〉2002의 이혜영과 전도연 이후 실로 오랜만에 만나보는 두 여성 배우의 조합이었다.

앞에서 잠시 언급한 바와 같이 〈차이나타운〉에는 폭력 외에도 모녀관계에 대한 복잡한 성찰이 담겨 있다. 바로 '정체성의 재설정'이다. "증명해봐. 네가 아직 쓸모 있다는 증명." 무표정하게 내뱉는 엄마의 대사가 의미심장하게 다가왔다. 독자 여러분도 영화를 보면서 화면 뒤편에 들어 있음직한 이야기 구조를 찾아내시기 바란다.

#가족 #엄마와딸 #두여자 #모녀관계의어둠

전쟁,
무고한 자들의
지옥

〈1944〉 & 〈고지전〉

　전쟁영화는 보통 두 갈래로 나뉜다. 먼저 전쟁 그 자체를 표현하는 기록 위주의 영화, 그리고 전쟁의 참상을 고발하는 반전 성향의 영화이다. 예를 들어, 패배를 모르는 자들의 영웅담을 주제로 한 〈패튼 대전차 군단〉1970이나 〈그린 베레〉1968 등의 고전영화는 전자에 속하고 월남전의 무의미함을 그린 〈지옥의 묵시록〉1979이나 〈플래툰〉1986은 후자에 속한다. 하지만 어느 쪽이든 전쟁을 묘사할 때는 마치 전장에 있는 듯한 사실감을 부여해야 한다. 아니면 그 영화는 실패작이 된다. 지금부터 소개하는 두 영화는 전쟁의 사실적 묘사 면에서 믿을 만한 작품들이다.

1944

'역사상 최대 규모의 지상전' '4년 동안 3천만 명의 사상자를 만들어낸 끔찍한 재앙'. 1941년, 독일이 구소련을 침공한 후 벌어진 상황이다. 당시 병력의 절대수가 부족했던 독일과 소련은 둘 사이에 '긴 나라'들, 이를테면 핀란드나 에스토니아에서 병사를 강제징집해 전투력을 보충했으며 그러는 사이 같은 민족이 적으로 나뉘어 상대를 죽여야 하는 비극 또한 벌어졌다. 영화 〈1944〉엘모 누가넨 감독, 에스토니아/핀란드, 2015년, 96분는 에스토니아 젊은이들이 겪은 비극을 생생하게 담아내고 있다.

영화는 두 갈래 내용으로 전개된다. 먼저 독일군에 징집된 카알 토믹카스파 삘버그. 그는 에스토니아인으로 구성된 친위대 군단에 소속되어 소대원들과 수없이 사선을 넘나든다. 그에게는 숨겨진 비밀이 하나 있다. 가족이 소련군에게 끌려갈 때정확치는 않지만 사상 문제였던 것 같다 멀리서 지켜보며 몸을 피했던 것. 그 사연을 꼭 가족에게 전하고 용서를 빌어야 하는데, 전선에서는 고향 가는 길이 까마득하기만 하다. 그래서 여동생 아이노마이켄 슈미트에게 쓴 편지를 늘 가슴에 품고 전장에 나선다.

다음으로, 붉은 군대 소속인 유리 요르기크리스찬 윅스휠라도 소련군에 징집된 처지이다. 아니, 그는 공산주의 사상에 어느 정도 찬동하고 있었으니 에스토니아 인민의 해방 전쟁에 참여했다고 함이 옳겠다. 그러나 그 역시 동족애와 이데올로기 사이에서 갈등을 겪고 있다. 같은 피를 나눈 젊은이를 전장에서 죽여야 했던 것. 카알 토믹과 유리

요르기의 두 갈래 이야기는 영화 중반부에서 자연스럽게 연결된다.

영화를 보면서 가슴에 와 닿은 장면이 있다. 아이노가 유리에게 "원래 무고한 사람들이 죄책감을 느끼는 법입니다"라고 말하는 대목이다. 전쟁을 일으킨 당사자들은 본디 전쟁이란 피하는 게 아니라 선수를 쳐서 상대를 제압하는 데 목적이 있다고 말한다. 마키아벨리는 《군주론》에서 군주가 '실천적 이성prudenzia'을 가져야 하는 이유를 그렇게 밝혔다. 전쟁판에서 '사태를 관망하면서 시간을 벌어두라'는 격언은 적절치 않다는 뜻이다. 그러나 강제징집으로 전쟁터에 나서야하는 말단 병사들에게 '실천적 이성'이란 당치도 않은 소리다.

아이노는 두 번의 편지를 받는다. 오빠 카알과, 잠시 사랑을 나눈 유리에게서다. 카알은 "이제 너도 진실을 알게 되었구나"라고, 유리는 "다시 백지에서 시작하고 싶다"는 말을 전한다. 무고한 자들의 마음은 이렇게 표현된다. 죄책감이라는 형벌이 히틀러나 스탈린이 아닌 카알과 유리에게 내려진 것이다.

상당히 스케일이 거대한 영화였다. 참호전을 벌이는 수많은 병사와 전차부대, 전투기 편대가 등장해 전쟁의 현장감을 물씬 살렸고, 와중에 총부리를 마주 겨눈 에스토니아 젊은이들이 만나는 장면은 가슴을 뭉클하게 만들었다. 그들은 상대편이 내지르는 외침을 듣고 같은 민족인 것을 알아채 사격 중지 명령을 내린다.

〈1944〉가 주는 강력한 반전反戰 메시지에 힘을 얻어 이 영화는 팜 스프링스 국제영화제, 카이로 국제영화제, 아카데미 외국어영화상에서 주목받았고 제작 국가인 에스토니아에서 한 달 동안 박스오피스 1위를 차지했다고 한다. 감독인 엘모 누가넨은 에스토니아의 또 다른 반전영화 〈텐저린즈:누구를 위한 전쟁인가〉2013에서 주연을 맡았다고 하니 영화를 통한 사회적인 문제에 관심이 많은 듯하다. 선이 굵고 주제의식도 분명하며 메시지 전달도 좋은, 기억해둘 만한 영화이다.

고지전

한국 전쟁영화 중 흔히 만나볼 수 없는 흥미로운 작품이 있다. 바로 〈고지전〉高地戰, 장훈 감독, 한국, 2011년, 133분이다.

1950년에 일어난 한국전쟁은 무려 3년간 지속되었다. 그런데 실제로 한반도 전체를 두고 벌인 전면전은 1년을 넘지 못했으며, 나머지는 38선 주변에서 교착상태에 빠진 채 벌어진 국지전이었다. 당시는 요즘처럼 GPS 기술이 없던 시절이라 산 너머 적진의 동향을 살펴려면 반드시 고지高地를 차지해 시야를 확보해야 했다. 따라서 밀고 밀리는 전투가 끊임없이 반복될 수밖에 없는데, 영화의 배경인 '애록고지'는 무려 30여 차례나 주인이 바뀌었다. 국군이든 인민군이든 힘이 빠질 대로 빠진 상태였을 것이다.

〈고지전〉은 기존의 전쟁영화와 뚜렷이 구별된다. 우선 다양한 인물들의 시각을 통해 전쟁을 객관적으로 바라볼 수 있는 틀을 마련한 점이 눈에 띈다. 방첩대 중위 강은표신하균는 북한군과 내통하는 자를 색출하라는 임무를 맡았고, 악어 중대의 실질적인 지휘관인 김수혁 중위고수는 이미 전쟁의 창자까지 다 보아버린 인물이며, 갓 스물 나이에 중대장이 된 신일영 대위이제훈는 아군에게 총격을 가했다는 자책감에 시달린다. 한편, 악어 중대와 맞선 북한군 지휘관 현정윤류승룡은 한때 열렬한 공산주의자였으나 이제는 전쟁의 당위성마저 의심하고, 북한군의 빼어난 저격수 차태경김옥빈은 의미도 모르는 채 총을 쏘는 고성능 살인자이다.

이들에 더해 화려한 조연들류승수, 고창석, 조진웅, 정인기, 이다윗이 다각도에서 전쟁의 냉철한 증인 역할을 해냈고, 그중에서도 고창석과 류승수가 특히 빼어난 연기를 보여주었다. 이렇게 다양한 인물들을 등장시켜 감독이 전하려는 메시지는 분명하다. 전쟁의 구체적 현장은 살육이 벌어지는 지옥이라는 것이다.

여기, 말 그대로 선악이 사라진 무자비한 전쟁터에서 매순간 목숨을 거는 군인들에겐 오직 휴전만이 기쁜 소식이다. 하지만 휴전을 기다리는 동안 애록 고지는 점점 수많은 시체들이 널브러진 민둥산으로 변해간다. 장훈 감독은 한 곳에 시점視點을 맞추고 그 앞에 전투의 여러 장면을 교차시킴으로써 극적인 설명 효과를 불러왔다. 전쟁의 참상을 일순간에 파악하게 한 훌륭한 연출이다.

전투의 세부 묘사도 뛰어났다. 전선에서 펼쳐지는 온갖 작전들과 임기응변을 적절한 상황과 엮어냄으로써 사실감과 함께 단단한 긴장감을 불러왔고, 인물들의 대사 또한 몰입에 도움을 주었다. 휴전까지 12시간을 앞둔 전투에서 남북 군인들의 유일한 소망은 고지에 자욱하게 낀 안개가 걷히지 않는 것이었다. 시야를 확보하지 못하면 비행단이 출격하지 못할 테고, 비행단이 뜨지 않으면 전투 개시를 알리는 공중 폭격이 시작되지 못할 테고, 결국 마지막 고지전은 취소될 것이다. 그렇게만 되었다면 그리운 고향에 갈 수 있을 텐데……. 하지만 무정한 안개가 서서히 걷히면서 폭격이 시작되자 최후의 승자를 가리는, 3년 전쟁 중에서도 가장 치열한 고지전이 벌어진다.

제2차 세계대전이 한창이던 무렵, 수많은 조선의 젊은이들이 동남아시아 전선으로 파병되었다. 당시 일본에서 대학을 다닌 아버지의 증언에 따르면 '태평양 전쟁'이 터지자 3년 만에 서둘러 졸업장을 주고 징병을 했다고 한다. 그렇게 무덥고 위험한 밀림에서 수많은 조선의 젊은이들이 숨을 거두고 말았다_{불확실한 통계이지만 대략 13만 명으로 추정한다}. 우리의 싸움이 아닌, 세계정복의 야심으로 가득 찬 일본군의 일원으로 죽은 것이다. 우리는 아직 그들의 한이 풀렸다는 말을 듣지 못했다. 〈1944〉를 보면서 허망하게 사라져간 조선 젊은이들의 이야기를 영화로 만들면 좋겠다는 생각을 해보았다. 그러면 억울한 젊은이들의 한이 조금은 풀어질까.

남북 관계에 차가운 기운이 감돌고 있다. 상호왕래는 물론 남북의 모든 접촉이 끊겼고 온 나라가 포화에 휩싸일지 모르는 일촉즉발의 위기가 팽배해 있다. 군인들의 긴장감 또한 커졌으리라. 물론 전쟁은 절대 일어나서는 안 된다. 비극은 한 번이면 족하다. 두 영화를 보고 나서도 여기에 동의하지 않는 이는 없을 것이다. 하지만 현실은 우리의 기대와 달리, 나날이 매우 비극적이 되어가고 있다.

───○ #전쟁과인권 #인권을지키는법 #전쟁

국가가
국민의 근본 권리를
침해한다면

〈집으로 가는 길〉 & 〈변호인〉

───────────

　세월호 참사 후 긴 시간이 지나면서 숨어 있던 진실들이 하나하나 밝혀지고, 사회 구석구석에 산재해 있던 모순들이 부끄러운 얼굴을 드러내고 있다. 내일은 어떤 일이 벌어질까? 우리도 그렇게, 천천히 침몰해가는 건 아닐까.

　배금주의에 물들어 무리하게 배를 운행시킨 사람들과 일용직을 방불케 한 선원들, 그들의 무책임에 더하여 주무 관청의 비리와 구원파라는 기독교 종파까지 세월호 침몰에 연관되어 있다. 그런데 이 모든 비리와 무질서를 바로잡아야 할 주체인 국가는 과연 제 구실을 하고 있는 것일까. 대체 국가란, 우리에게 무엇인가.

　내가 유학생이던 1980년대의 일이다. 베를린에서 한국 여학생이

신나치주의자에게 끔찍한 일을 당한 일이 있었다. 당시 유학생들은 이런 어이없는 사태에 대한민국 정부가 나서서 무엇인가 책임 있는 행동을 해주길 바랐다. 그런데 우리에게 보내온 대사관의 입장은 아연실색할 만한 것이었다. '혹시라도 유학생들이 부화뇌동하여 독일 사람들의 심기를 건드리지 말아달라'는 권고였던 것이다. 우리는 귀를 의심했다. 대한민국이 이 정도밖에 안 되는 나라였나? 〈집으로 가는 길〉은 그때의 기억을 떠오르게 만든 영화다.

집으로 가는 길

제목만 보면 정감 넘치는 영화처럼 보인다. 그러나 뚜껑을 열어보니, 주인공에게 집으로 가는 길이란 험난하기 짝이 없는 여정이었다. 여기서 집이란 단순히 가족이 머무는 곳이 아닌, 삶을 완전히 태워버린 불행에서 빠져나가는 돌파구였다.

〈집으로 가는 길〉방은진 감독, 한국, 2013년, 131분은 잘 알려진 실화를 바탕으로 한 영화이다. 이야기의 실제 주인공인 정미정 씨는 2004년에 마약운반 혐의로 프랑스 오를리 공항에서 체포돼 무려 2년 가까이 옥살이를 했다. 그녀가 이렇게 된 데는 마약범죄에 가담했던 원인이 무엇보다 크지만, 한국 영사관의 무책임한 대응 탓도 있다. 덕분에 '단순가담죄'로 길어야 1년 형을 선고받았어야 할 사안인데 말도 안 통하는 곳에서 2년이나 고생하며 지내야 했다. 영화 곳곳에 그런 답답함과 억울함이 층층이 배어들어 있다.

주인공 송정연 역을 맡은 배우 전도연은 자신의 기량을 한껏 발휘해 이 억울함을 표현한다. 사실 그녀가 불행을 풀어내는 연기에 탁월한 배우이기는 하다. 〈밀양〉2007에서는 하나뿐인 아들이 유괴범에게 희생당한 엄마로서 충격을 고스란히 삼켜야 했고, 〈너는 내 운명〉2005에서는 에이즈로 죽어야 하는 운명을 맞았다. 그리고 〈집으로 가는 길〉의 송정연은 사소한 판단 착오로 엄청난 대가를 치른다. 왜 배우 전도연에게는 이 같은 잔인한 운명이 잘 어울릴까? 그녀의 연기가 깊이를 더해가면서 무게감 있는 인물 설정을 소화해낼 수 있게 되었기 때문일까. 보석 같은 배우 전도연의 절묘한 연기 덕분에 영화를 보며 울지 않을 수 없었다.

방은진 감독은 정미정 씨 사건의 전체 맥락에 영화의 초점을 맞추는 대신 재외공관의 나태하고 관료적인 태도에 시선을 집중했다. 자칫 모든 죄를 외교통상부에서 짊어져야 될 상황을 만들어낸 셈인데. 과연 이것이 감독으로서 객관적인 자세인지에 대해서는 논란의 여지가 있지만, 영화의 논지가 분명해진 점은 칭찬할 만했다. 사실 재외 대한민국 공관의 문제점이 지적된 게 어제오늘 일은 아니다. 생각해보면, 자국민이 억울한 피해를 당했는데 대사관에서 오히려 재외국민들에게 부화뇌동하지 말라는 공문을 내린 것부터가 그러했다. 〈집으로 가는 길〉은 대한민국이라는 국가가 갖는 문제점을 적나라하게 지적하고 있다. 방은진 감독은 연기자를 넘어 이제는 고발성 짙은 영화를 만든 영화감독으로도 알려져 있다. 〈시선 1318〉이 그 좋은 예다. 방은진 감독이 앞으로도 이런 작업을 계속했으면 한다. 국가가 정신을 차릴 때까지 말이다.

변호인

〈집으로 가는 길〉에서 우리는 대한민국이라는 국가의 위상을 확인할 수 있었다. 아니, 엄정하게 말해 국가보다는 '정부'라고 하는 게 정확한 표현일 것이다. 영화 〈변호인〉은 중립적인 의미에서, 국가를 좌우하는 정부의 비도덕성을 고발하는 작품이다.

〈변호인〉양우석 감독, 한국, 2013년, 127분은 개봉 전부터 갖가지 소문을 몰고 다닌 영화다. 외압이 있을지 모른다, 송강호의 연기에 너무 의존하더라, 보나마나 평점이 낮게 나올 것이다……. 어쨌든 영화는 개봉했고 무려 천만이 넘는 관객이 영화관을 찾았다. 이는 감독의 연출력이라든가, 작품의 완성도, 배우의 연기 같은 영화적 기준과는 별도로, 영화의 메시지가 갖는 무게 때문이다. 과연 이 시대에 〈변호인〉이 갖는 중량감은 어느 정도일까?

이 영화를 보면서 불편했을 사람들을 떠올려보았다. 우선 증거 조작을 하느라 잔인한 방법을 택한 고문기술자들, 신군부에 협조한 법조인들, 당시에 침묵을 지킨 언론인들…… 그리고 신군부 세력을 등에 업고 떼돈을 번 기업인들도 어쩌면 양심의 가책을 받을지 모르고, 전두환, 노태우 등 전직 대통령들에게 큰 부담을 안겨줄 수도 있겠다. 모두 가능성이 희박한 경우이지만.

〈변호인〉은 영화의 첫 장면에서 서술했듯 실화를 바탕으로 했지만 이야기는 허구로 진행된다. 하지만 영화를 보면서 사실감이 떨어지거나 과장으로 점철돼 있다는 인상을 받은 이는 없었으리라. 특히, 암울했던 1970~80년대를 산 사람들이라면 더더욱 거부할 수 없는 진실을 마주했을 것이다.

물고문, 통닭 매달기 등 잔인한 고문기술들을 비롯해, 몸의 상처는 고문이 아닌 자해 흔적이라는 고문기술자 곽병규곽도원의 진술, 고문 피해자를 돌본 군의관의 양심선언, 헌법질서를 송두리째 파괴한 폭력적인 국가보안법과 변호사 자격을 상실한 민권 변호사들의 항거는 시절을 관통한 엄연한 현실이었다. 그리고 E. H. 카에 대한 송우석송강호의 법정 설명 대목, 즉 영국 외교관이자 역사학자인 E. H. 카의 《역사란 무엇인가》가 불온서적으로 분류된 데에 대한 항변은 너무나 생생했다. 잊으려 해도 잊히지 않는, 군부 독재의 잔인한 흔적이기 때문이다.

대한민국 국민 중 주인공인 민권 변호사 송우석이 누구를 암시하는지 모르는 사람은 없을 것이다. 고졸로 고시를 통과해 대전에서 판사를 하다가 고향인 부산으로 내려와 변호사 사무실을 개업한 사람, 폭정에 항거하다 급기야 변호사 자격까지 정지된 채 재판정에 선 사람, 적어도 영화에 비친 그는 인생의 쓴맛을 호되게 보고 결국 자살을 택한 그 사람은 아니었다.

송강호는 2013년에 〈설국열차〉와 〈관상〉으로 최고의 전성기를 맞이한 배우다. 흥행배우로서 위상을 한껏 높인 그는 아이러니하게도 〈변호인〉으로 그해를 마무리했다. 물론 그의 연기는 훌륭했다. 사실 어느 남자배우가 송우석이라는 매력적인 캐릭터를 마다할 수 있겠는가? 더불어 곽도원의 연기도 칭찬하지 않을 수 없다. 무엇인가 확신에 차 있으면서도 비열한 연기를 하는 데에 일가견이 있는 배우이다. 조연으로 연기한 김영애, 오달수, 임시완, 조민기, 송영창, 정원중, 이수영도 송강호를 잘 받쳐주었다. 이 영화의 성공은 캐스팅의 승리라고 해도 과언이 아니다.

국가가 시민을 대표하지 못할 때

역사의 아픈 기억은 외면한다고 사라지는 게 아니다. 과거의 인물들이 나누어준 지혜를 무시한 채 앞만 보고 달린다면, 어느 국가든 큰 대가를 치르게 된다. 역사에서 얻을 수 있는 소중한 교훈이다. 제2차 세계대전 후 독일 총리를 지낸 루트비히 에르하르트는 "시민의 근본적인 법 권리를 침해하는 국가는 시민을 대표하지 않는다"라고 밝힌 바 있다. 물론 나치 시대에 독일이 국민의 이름으로 자행한 일은 합법적이지 않았음을 밝히려 한 말이었지만, 오직 국민이 누리는 자유 위에서만 국가가 기능할 수 있다는 차원에서 의미심장하다. 〈변호인〉은 어수선한 시국에 교훈이 될 만한, 좋은 영화다.

우리는 기본적으로 대한민국이라는 국가가 우리의 든든한 보호막이 되어주려니 하고 기대한다. 그리고 대한민국 여권만 가지면 세계 어느 나라에서도 존중받길 원한다. 그러나 우리의 자부심과 기대감에 더하여, 그에 맞는 신뢰감이 결여되어 있는 이상 국가는 본연의 의미를 상실하고 만다.

국가는 통치술만 잘 구비한다고 성립되지 않는다. 또한 이렇게 완비된 통치술로 국민 생활 전반에 영향을 끼친다고 해서 국가의 역할을 다하는 것도 아니다. 국가는 국민에게 위임받은 힘으로 국민을 보호해야 할 의무를 가진다. 〈집으로 가는 길〉에서 비쳐진 프랑스 한국 영사 및 직원들의 고압적인 태도와 위선적인 미소는 결코 국가를 대변하는 것으로 볼 수 없다. 국가란 무엇인지, 진지하게 생각해볼 기회를 제공하는 영화이다. 바로 이 지점에서 〈집으로 가는 길〉의 의미를 찾을 수 있을 것이다.

#우리에게국가란무엇인가 #정부가국가일까 #내집은나를지켜줄까

누구라도 나처럼 행동했을 거야, 내가 잘한 일이 얼마나 많은 데 이쯤이야,

누구나 그렇잖아,

과연 누가 나에게 돌을 던질 수 있겠어…….

갖가지 말로 자신을 위로해보지만

'양심'은 언제나 은근슬쩍 돌아와 인간을 괴롭힌다.

우
리

과거는
힘이
세다

〈국제시장〉

2015년 가장 뜨거웠던 영화라면 〈국제시장〉윤제균 감독, 한국, 2014년, 126분을 꼽을 수 있을 것이다. 영화와 관련해 수많은 이야기들이 오갔는데, 하나같이 생각해볼 만한 것들이었다. 물론 이렇게 화제가 된 이유는 〈국제시장〉이 불과 두 달 사이에 천만 관객을 넘어섰기 때문이다. 요즘 천만 관객이 희귀한 일은 아니나, 그래도 인구 5,100만의 나라에서 여전히 큰 성과임에는 분명하다.

영화의 흥행 코드부터 살펴보자면, 〈국제시장〉이 갖는 최고의 강점은 과거에 대한 향수에 있다. 한국의 '현대수난사'를 꼽다보면 금세 정답이 나온다. 일제강점기, 민족을 갈라놓은 한국전쟁과 전쟁이 남긴 상처, 경제개발에서 겪은 고난, 월남전 파병과 광부와 간호사의 서독 파견, 그리고 중동에서 몸이 부서지도록 일한 노동의 역사 등이다. 그 모든 험한 세월을 온몸으로 겪은 분들이라면 저절로 눈물이 흐를 것이다. 영화의 초점은 정확히 그 지점들에 맞추어져 있다.

한국전쟁이 터지자 국군은 삽시간에 낙동강 이남으로 밀려나고 말았다. 그러나 인천 상륙 작전으로 9월 28일의 서울 수복收復 후, 국군과 연합군은 북으로 거침없이 진격했다. 전쟁에 거의 승리할 즈음 중공군의 대규모 개입이 있었고, 연합군은 후퇴한다. 그때 대규모 철수작전이 벌어진 곳이 바로 항구도시 흥남이다. 영화에서 덕수황정민가 애창곡이라며 부르자 그의 아들이, 이제 그렇게 청승맞은 노래 그만 좀 하라며 면박을 주던, 가수 현인의 히트곡 '굳세어라 금순아'를 떠올려보자. "눈보라가 휘날리는 바람 찬 흥남부두에…… 피눈물을 흘리면서 일사이후 나 홀로 왔다." 그렇게 밀려난 연합군과 국군은 38선을 사이에 둔 교착상태에서 2년 가까이 전쟁을 이어갔다.

이 집의 가장은 너다.

우리 집안에도 그때 이야기들이 몇 남아 있다. 한국전쟁 초기에 남한 정부가 서울을 포기하고 후퇴하자 외삼촌은 학도병으로 입대했다. 그리고 수복 후 국군이 평양으로 북진할 때 서울에 있던 우리 집 대문 기둥에 이렇게 써놓고 갔다. "누님, 저는 평양으로 갑니다. 승리하여 돌아오겠습니다." 서울로 돌아온 어머니는 삼촌이 써놓은 문구에 목 놓아 우셨다고 한다. 외삼촌은 다행히 무사히 돌아왔고 노년까지 어머니와 가까이서 사이좋게 잘 지냈다. 하지만 사랑하는 남동생의 글을 본 순간의 기억은 언제나 어머님의 눈시울을 적시곤 했다.

전쟁이 발발했을 때 아버님은 강원도 영월에 근무했고 어머님은 어린 남매와 친정인 경북 상주로 피난 가 있었다. 남편의 생사도 모른 채 어린 자식들과 친정에서 더부살이하는 젊은 여인의 마음이 어땠을까? 어머님은 어느 날 작심했다. 죽더라도 가족이 같이 죽어야겠다고. 그래서 당시 한 살이던 형님을 등에 업고 여섯 살이던 누님의 손을 잡고 용감하게 영월로 향했다. 아버님 또한 마찬가지였다. 어린 남매와 사랑하는 아내의 생사도 모른 채 손 놓고 있을 수는 없는 노릇이었다. 서울은 이미 공산군의 손에 넘어갔다는 소식에 아버지 역시 가족을 찾아 상주로 떠났다. 어떻게든 다시 만나보겠다는 실낱같은 희망으로 동시에 길을 나선 것이었다. 그런데 기적이 일어났다. 어느 고개에서 우연히 가족 상봉을 한 것이다. 그 이름도 귀에 생생한 '마차리 고개'! 아버지는 종종 망연히 하늘 한쪽을 바라보며 내게 말했다. "놀라운 일이었지. 그때 우리가 못 만났으면 너는 이 세상에 없었을 거다."

어린 시절 종종 듣던 가족의 역사다. 아마 내 나이, 내 세대의 사람들은 이 비슷한 가족사 한두 가지쯤 족히 갖고 있을 것이다. 영화에서도 마찬가지이다. 아버지정진영와 흥남부두에서 한 이별은 칠십 년이 넘도록 덕수를 놓아주지 않았다. 업고 있던 여동생을 떨어뜨리지만 않았더라면 아버지도 살고 어머니장영남의 고생도 없었을 텐데. 그래서 그는 아버지가 여동생을 찾으러 가며 남긴 당부를 평생 가슴에 간직했다.

"이제부터 이 집의 가장은 너다."

가난을 대물림하지 않겠다

덕수는 해양대학에 가고 싶었다. 피난 후에 자리 잡은 곳이 아마 부산이어서 그랬던 모양이다. 그는 입학허가까지 받은 상태였지만 동생들의 학비를 대기 위해 꿈을 포기하고 독일로 향한다. 낯선 독일 땅에서 위험하기 짝이 없는 광부 일을 하러 지하 막장으로 내려가는 길은 언제나 생명을 건 모험이었다. 덕수의 유일한 기쁨은 간호사인 영자김윤진와의 만남뿐. 말도 낯설고 문화도 낯선 곳에서 김치찌개를 가운데 두고 같이 밥을 먹을 수 있다는 게 어딘가 말이다.

내가 처음 독일에 간 게 1987년이었다. 그때 프랑크푸르트에 며칠 머물 기회가 있었고, 한두 번 한국인 가정에 초대를 받아 간 적이 있었다. 광부와 간호사 부부의 가정이었는데 부인은 은퇴해 가정을 돌보고, 남편은 여전히 광부 일을 하는 처지였다. 그분들이 풀어놓은 이야기는 참으로 가슴을 뭉클하게 만들었다. 그렇게 끊어지지 않는 사연도 아마 드물 것이다. 거기에 마침 독일인과 결혼한 부인도 있었는데, 내가 그와 몇 마디 대화를 나누자 한 부인이 도대체 독일에 얼마나 있었기에 그리 독일어를 잘하느냐며 놀렸고 다른 부인 하나가 옆구리를 툭 치며 말했다. "유학생이잖아!" 그분들이 겪은 인고忍苦의 세월을 짐작하기에 충분한 한마디였다. 유학생 신분이라는 게 몹시 부끄러운 순간이기도 했다.

　덕수와 영자는 결국 결혼했고 그 후로도 파란만장한 세월을 겪는다. 집안을 일으키기 위해 덕수는 베트남에 기술자로 파견되어 죽을 고비를 겪은 후 절름발이가 되고, 동생과 아버지를 찾기 위해 이산가족 상봉 프로그램에 출연하기도 하며, 고집스레 고모라미란가 물려준 '꽃분이네' 가게를 국제시장 한 귀퉁이에서 꾸려나간다. 그에게 안심하고 편히 쉴 수 있는 날이란 없었다. "우리가 겪는 가난을 대물림하지 않겠다." 이 가열찬 의지가 역경 속에서도 그를 살아가게 한 원동력이라면 충분히 설명될 것이다.

과거의 위력

　〈국제시장〉을 보면 눈물을 자아내는 요소가 한두 가지가 아니다. 윤제균 감독은 어떻게 관객의 심금을 울리는지 잘 아는 사람이다. 그래서 감동적인 장면을 곳곳에 배치하여 잠시도 눈물샘이 쉴 틈을 주지 않는다. 훌륭한 연출이었다. 그렇다고 해서 〈국제시장〉이 불러일으킨 효과가 단순히 '눈물 짜내기'에 그친 것은 아니다. 감독은 극구 부인하지만 세대간 분열을 부추기는 영화로 해석될 소지가 들어 있다.

　기성세대는 〈국제시장〉을 보며 '요즘 젊은 것들은 돼먹지를 못했어!'라는 넋두리를 늘어놓을 법하다. 특히 덕수와 영자의 아들과 며느리들이 부모에게 하는 짓을 보면 분명해진다. 어떻게 부모를 저렇

게 무시할 수 있단 말인가. 자기들이 누구 때문에 이만큼이라도 살게 되었는데 말이다. 하지만 젊은 세대의 생각은 그와 다르다. 배금주의, 과도한 교육열, 집단 이기주의, 기성세대 정치인과 경제인들의 비윤리적인 행동……. 우리나라가 이렇게 된 게 기성세대의 잘못이지 어디 젊은 세대 잘못인가? 과거는 그렇게 우리를 즐겁게도 만들고 슬프게도 만든다.

일반적으로, 과거에 발목 잡힌 사람은 미래를 암울하게 바라보는 경향이 있다. 수많은 아버지들이 아들에게 하는 이런저런 충고가 그렇다. 아들의 미래에 닥칠지 모르는 불행을 막아보려는 바람에서이겠지만 속내를 보면 자신의 어리석은 지난날에 대한 뼈저린 후회가 작용하고 있다. 그렇게 과거가 인간을 짓누르고 있다는 사실을 극대화시킨 인물로는 지그문트 프로이트1856-1939가 으뜸일 것이다. 어릴 때 받은 상처가 무의식에 저장되어 있다가 현재의 나에게 치명적인 충격을 가한다는 것이다.

프로이트 비판에 앞장선 에른스트 블로흐1885-1977는 과거를 불변不變의 심리 장치가 아닌, 미래를 위한 가변可變의 도구라고 보았다. 우리에게 주어질 미래가 오히려 과거의 의미를 변화시킬 수 있다는 것이다. 인간은 본질적으로 자신에게 유리한 방향으로 과거를 사용한다. 이를테면, 쓰라린 과거사는 실패자의 합리화 도구로 쓰이거나 종종 약진의 논리로 탈바꿈한다. 과거에 어떤 가치를 부여하느냐에 따라 자신의 미래를 망칠 수도, 구할 수도 있다는 것이다.

과거는 우리에게 잔인한 요구를 한다. 이는 숙명이다. 그처럼 숙명적인 과거를 떠올리게 하는 대표적인 삶의 현장이 바로 '가족'이다. 어떤 이는 가족이 생활의 자양분이 된다면서 아들딸의 사진을 지갑에 소중히 넣어두지만, 어떤 이는 있는 가족마저 등지고 수도원을 선택한다. 〈국제시장〉에서 풀어놓는 과거는 결코 아름답지 않다. 그리고 과거 그 깊숙한 곳에 가족이 자리해 있음을 알려준다. 같은 의미에서, 가족의 해체가 이루어지는 요즘의 차가운 현실에 이정표를 제시하는 영화로도 볼 수 있겠다. 그 정도면 영화가 갖는 긍정적인 역할을 다한 셈이다.

#과거와사람 #가족과숙명 #잔인한운명속에살아가기

민중의 소리가 들리는가?

〈당통〉 & 〈페어웰 마이 퀸〉

한두 해 전, 우리나라 교육 현실을 다룬 다큐멘터리를 보았다. 살인적인 스케줄에 하루하루 치여 사는 한국의 청소년들, 자식들을 독려하고 감시하느라 24시간이 모자란 부모들, 그러면서도 정작 창조적이고 진취적인 능력을 배양하지 못하는 교육현실, 미래가 안정된 법조인 혹은 의사의 길에만 매달리느라 외면당하는 순수과학. 늘상 보고 듣던 익숙한 내용이었다. 이런 다큐멘터리에서 빠질 수 없는 요소가 바로 해외의 교육학자들이 나와 한마디 거드는 순서가 아닐까. 우리에게는 왜인지 몰라도 외국인이 나서서 한 말씀 해줘야 권위를 인정받는다는 강박관념이 있는 것 같다. 역시, 얼마 지나지 않아 프랑스 교육학자의 인터뷰가 나왔다. 그는 한국의 교육현실에 매우 놀

라면서 이는 학생들을 망가뜨리는 교육이라고 서슴없이 말했다. 그리고 덧붙인 한마디가 이 글의 주제이다.

"상황이 그렇게 최악으로 치달았는데, 한국의 중고생들은 왜 혁명을 일으키지 않습니까?"

뒤통수를 한 대 얻어맞은 기분이었다. 사실 유럽의 중고생들은 교육정책이 맘에 안 들거나 학교의 전횡이 드러나면 거리에 나와 바리케이트를 치고 돌과 화염병을 던진다. 자신의 권리는 자신의 투쟁으로 지켜내겠다는 것이다. 만일 우리나라에서 그런 일이 벌어지면 "젊은 놈들이 하라는 공부는 안하고 웬 데모냐, 그럴 시간 있으면 영어 단어 하나라도 더 외워라!" 하며 어른들이 혀를 끌끌 차지 않겠는가? 한편에서는 요즘 젊은이들이 우리 때와 다르게 영 패기가 없다면서 나무라면서 말이다. 아무튼 어른들이 문제다. 그렇다면 프랑스 교육학자가 자연스럽게 언급한 '혁명'이란 무엇일까?

당통

1789년은 프랑스에서 뜻깊은 해다. 루이 16세가 통치했던 절대 군주 국가를 해체하고 시민들이 나라의 주인이 된 해이기 때문이다. '시민이 주인 되기'를 시작한 프랑스 혁명은 수많은 국가와 사람들에게 영향을 미쳤다. 영화 〈당통〉안제이 바이다 감독, 프랑스/폴란드/독일, 1982년, 135분은 프랑스 혁명이 막 시작되던 어수선한 시절의 이야기를 다루고 있다.

혁명이 성공하자 주도세력이던 조르주 당통제라드 드파르디유과 막시밀리앙 로베스피에르보이체흐 스조니악를 중심으로 '국민의회Assemblée Nationale'가 열린다. 바야흐로 구체제Acièn Regime의 종말을 고한 것이다. 그런데 새로운 세상을 만들겠다는 혁명세력의 의지가 올바른 방향을 잡지 못하고 있었다. 처음으로 주권을 갖게 된 시민들이 겪는 어려움이라고나 할까. 자유를 원할 때는 온갖 비판과 선언을 했으나 막상 권력이 주어지자 갈피를 못 잡는 형국이었다.

로베스피에르와 그의 추종자들은 나라의 질서를 재편성하는 과정에서 힘의 논리를 선택했다. 그들은 국민의회를 장악했고 공작정치를 폈으며 공안위원회, 보안위원회, 혁명재판소에서 그 일을 담당했다. 그리고 구체제의 잔재를 효과적으로 없애기 위해 기요틴을 만들었다. 하루에도 수십 명씩 처형하기 위해 성능이 뛰어난 처형기계를 개발한 것이다. 말 그대로 '공포정치'가 시작되었다. 그 반대편에 서 있던 당통은 로베스피에르가 혁명 정신을 망가뜨리고 힘의 정치를 펴기 시작했다는 사실을 알고 반기를 든다. 목적이 수단을 정당화할 수 없다는 것이다.

영화에는 로베스피에르의 성격을 묘사하는 몇몇 장면이 나온다. 그는 국민의회에서 자유, 평등, 박애에 대해 연설하면서 작은 키를 만회하고자 뒤꿈치를 들었고 카메라는 그곳을 클로즈업한다. 또한 당통과의 비밀 회동을 준비하는 자리에서 최고급 음식과 살롱의 인테리어에 각별히 신경 쓴다. 그러면서도 정작 참모들과 반대파를 제거하는 계획을 세울 때는 누구보다 잔혹한 대책을 내놓는다. 영화에 비친 로베스피에르는 권력의 화신이며 '혁명'은 자신의 입지를 확립하기 위한 도구에 불과할 뿐이다. 비밀 회동에서 당통이 로베스피에르를 비난할 수밖에 없었던 이유다.

'혁명'은 혁명의 주체 세력이 도덕적으로 성숙했을 때 진정한 성공을 거둘 수 있다. 목적이 수단을 정당화하는 순간 혁명의 정당성 또한 사라지고 만다. 당통은 그런 점에서 목숨을 내놓은 진정한 혁명가였다. 그는 로베스피에르와는 달리 꾸밈없는 행동과 소신을 보여준다. 그는 사형집행인에게 자신의 목이 잘려나간 후 그 머리를 높이 쳐들어달라고 부탁한다. 자신의 소신이 만천하에 드러나도록. 몸을 잃은 채 높이 들린 그의 머리는 혁명 정신이 표류하고 있음을 보여주는 좌표가 되었다.

영화에서 표현된 당통과 로베스피에르의 상반된 성격에도 주목해주시길. 그 덕택에 인물의 대비에 집중하면서도 영화의 본질이 더없이 효과적으로 드러날 수 있었다. '장엄한 대비'란 바로 이런 것을 두고 하는 말이다. 혁명의 본질을 설명하기에 2시간 15분은 그리 길지 않은 시간이다.

페어웰 마이 퀸

프랑스 혁명은 1789년에 시작되었다. 그 뒤로 많은 일들이 있었는데 앞서 소개한 당통과 로베스피에르가 세력을 겨룬 것도 중요한 사건 중 하나였다. 그러나 아마 혁명 중 가장 큰 사건은 1793년 1월의 루이 16세 처형일 것이다. 루이 16세 시절, 프랑스 국가 재정은 파탄 났으며, 이에 불만이 터져나오자 귀족과 성직자와 평민으로 이루어진 '삼부회Etats généraux'가 소집되었다. 그 길로 모든 게 끝나고, 루이 16세의 처형일에는 절대왕정이 맥없이 무너지는 소리가 들렸다.

루이 16세와 반드시 함께 등장하는 인물이 바로 마리 앙투아네트 왕비이다. 그녀는 오늘날까지도 사치의 대명사로 알려져 있고, 굶주림에 분노한 민중에게 '빵이 없으면 케이크를 먹을 일이지'라는 철없는 소리를 했다고 하여 더욱 미움을 산 바 있다. 물론 이는 후에 악성 루머였다는 사실이 밝혀지기는 했지만. 아무튼 그녀가 유럽 최고의 왕궁인 베르사이유 궁전에서 초호화 생활을 누린 것만은 분명하다. 영화 〈페어웰 마이 퀸〉Les Adieux à la reine, 브누아 작코 감독, 프랑스/스페인, 2012년, 100분에선 그녀에게 가끔씩 불려가 책을 읽어주던 시녀 시도니레아 세이두의 이야기가 나온다.

시도니는 앙투아네트다이앤 크루거에게 왕비 이상의 감정을 갖고 있었다. 화려한 혈통과 세련된 말투, 몸짓을 지녔으며 자신을 친근하게 대해주기까지 하는 왕비에 대한 일종의 동성애적 사랑이다. 종종 자신을 연인처럼 대하는 태도에 그만 녹아버린 것이다. 감히 범접할 수 없는 존재가 특별한 관심을 보여준다니 안 넘어갈 사람이 있겠는가?

시도니는 혁명이 시작되어 어수선하던 시기에도 왕비 걱정에 여념이 없고 혹여 누군가 왕비를 비난할라치면 곧장 반격하곤 했다. 그리고 마침내 왕실의 운세가 기울 대로 기울어가던 날 갑자기 왕비로부터 시도니를 부르는 연락이 온다.

루이 16세자비에 보부아는 영화 중간쯤 아무런 예전 없이 왕궁 문을 열고 거리에 나선다. '나 역시 검소한 사람이며 나라를 심히 걱정하기에 이렇게 당신들이 사는 거리에 걸어나왔노라'고 말하는 듯하다. 하지만 국민 누구도 그런 식의 눈속임에 넘어가지 않는다. 나라가 이 모양 이 꼴이 된 것은 기득권을 가진 귀족들과 그 귀족들과 연합해 온갖 권력과 부귀를 누린 왕실의 책임이다. 왕의 행진은 책임을 은근슬쩍 국민 모두의 것으로 전가해보려는 최후의 정치적 꼼수였으나 끝내 실패한다. 잔인한 결말이다.

혁명은 왜 일어나야만 했나? 시도니는 왕실의 마지막 모습을 근거리에서 지켜본 증인이다. 왕실의 특권의식과 민중을 헌신짝 취급하는 위선자들의 모습을 가장 깊은 바닥에서 본 목격자이다. 파리를 빠져나가는 마차 안에서 시도니는 난생처음 자신이 누구인지 깨닫는다.

혁명의 가치

혁명은 〈프랑스 대혁명〉1989에서처럼 연대기적인 서사로 설명될 수 없으며, 〈마리 앙투아네트〉2006에서처럼 비운의 여인을 그려내는 일도 허락하지 않는다. 여기에는 절대 훼손되어서는 안 될 가치가 있다. 바로, 순수한 민중의 소리이다. 그 소리는 〈당통〉에서, 그리고 〈페어웰 마이 퀸〉에서 들려온다. 때로는 피비린내 나는 대결로, 때로는 조용한 깨달음으로 보이지만 어느 쪽이든 본질은 변하지 않는다. 아쉽게도 우리나라에서 일어난 혁명이란 혁명은 모두 그 실효를 거두지 못하고 말았으며, 시대의 산물 정도로 평가절하된 경우조차 있다.

우리의 민주화 과정에서 혁명이 실효를 거두었다면 청소년들의 자세도 달라졌을지 모른다. 혹은 오늘날 젊은이들의 목소리가 1970~80년대처럼 우렁찼다면 어땠을까. 프랑스 교육학자가 놀라고 우리 역시 아쉬워하는 지점이 어디엔가 분명히 있을 테지만, 정확하게 드러나지 않는 것이 현실이다. 그런 점에서 프랑스 사람들은 축복받았다.

마지막으로 세계적으로 인기를 끈 뮤지컬 '레 미제라블'의 가사를 옮겨본다. 프랑스 혁명을 기억하며 민중의 단결을 호소하는 노래이다.

성난 민중의 노랫소리가 들리지 않는가?

다시는 노예가 되어 살지 않겠다고 외치는 소리.

심장이 박동치고 북소리 되어 울릴 때

우리의 삶도 내일을 향해 첫 걸음을 내디디리.

우리와 함께 행진하라.

나와 함께하겠는가?

저 너머 장벽을 지나 그토록 원했던 세상으로

나갈 준비가 되었는가?

자유를 향해 싸우자.

영화를
이해한다는
것은

〈비우티풀〉 & 〈바벨〉

유럽의 종교사를 살펴보면 그리스도교로 통일되기 이전, 지역 고유의 종교가 있었음을 알 수 있다. 영화 〈아스테릭스와 오벨릭〉1999으로도 잘 알려진 켈트 종교나 서사시 《칼레발라》의 배경이 되는 핀란드 종교 등이다. 그러다가 6세기부터 10세기 무렵까지는 유럽 전 지역에서 그리스도교가 지역 종교와 충돌한다. 그리스도교가 유럽에서 맹렬하게 세력을 펼쳐나가던 시절이었다.

그 과정에서 사라진 종교들이 있는데, '토르'나 '오딘'과 같은 신들을 섬기던 게르만 종교가 대표적이다. 게르만 종교는 한때 바이킹족의 절대 존경을 받았다. 그런데 그리스도교가 로마로부터 북상하면서 게르만 종교의 세력이 점점 약화되더니 결국 종교 자체가 사라지고 말았다. 더불어 북유럽의 하늘과 땅과 바다를 지배하던 그 멋진 신들도 힘을 잃어 요즘은 그저 만화나 모험영화에나 등장하는 신세가 되고 말았다(영화 〈토르〉가 그 예이다). 한때 위용을 과시하던 켈트 종교나 핀란드 종교, 슬라브 종교 역시 비슷한 운명을 겪었다.

그리스도교와 부딪히면서 사라진 종교들이 대부분이지만, 지역에 따라 그리스도교와 큰 마찰 없이 자연스럽게 혼합된 종교도 있다. 말하자면 유럽 전도 초창기엔 그리스도교 내에 다양한 종교 양태가 등장했던 것이다. 스페인의 그리스도교는 유난히 기복신앙적 성격이 강한데, 가족의 안녕을 기원하는 스페인 국민 고유의 심성과 결합되었기 때문이다. 그런 까닭에 스페인에는 마치 우리나라의 점집을 연상시키는 개인 사당들이 요즘도 사람들의 마음을 달래준다고 한다. 물론 사당에는 동자상이 아닌, 성모 마리아가 모셔져 있다.

비우티풀

〈비우티풀〉알레한드로 곤잘레스 이냐리투 감독, 스페인, 2010년, 148분에서는 한국 사람들의 내밀한 심성을 들킨 것처럼, 무엇인가 익숙한 냄새가 난다. 불법 이민자들의 척박한 인생살이라든가, 그들을 등쳐먹고 사는 브로커와 경찰들, 죽은 자의 이야기를 들어주고 돈을 버는 모습, 조울증에 시달리는 엄마가 아이들을 학대하는 장면, 지독히도 일이 안 풀리다가 결국 암으로 곧 죽을 운명에 놓인 주인공 욱스발……. 익숙하면서도 불편한 점들이 눈에 띈 것이다. 게다가 영화는 왜 그렇게 긴지. 각종 영화제에서 주목받았으며 칸 영화제에서는 욱스발을 연기한 하비에르 바르뎀이 남우주연상까지 받았다니 중간에 나갈 수도 없는 노릇이었다.

주인공 욱스발에게 주어진 인생은 잔인하다. 그는 착한 심성을 가진 사람이며 영적 능력까지 갖추고 있지만 인생이 꼬인 탓에 더러운 일에 관여할 수밖에 없다. 그리고 시간이 지나면서 끔찍한 사건들이 점점 더 그의 주변을 조여온다. 가정도 제대로 꾸리기 힘들고, 앞으로 곧 죽을 목숨이지만 아이들을 맡길 사람도 마땅히 보이지 않는다. 그런데 전혀 예상치 못했던 곳에서 구원의 손길이 다가온다.

우리는 살아가면서 종종 이런 질문을 던진다. 세상이란 무엇인가? 사람이란 무엇인가? 무엇을 추구하며 살아야 하는가? 나는 누구인가? 하지만 욱스발에게서 선과 악, 참과 거짓, 아름다움과 추함 같은 상식적인 가치들을 찾기란 어렵다. 그에게는 모든 질문이 그저 나타났다 아쉬움만 남긴 채 사라지고 말 뿐이라 오히려 그럴듯하게 설명하려고 노력할 때 〈비우티풀〉은 그 의미를 잃고 말텐데, 사르트르가 말했듯 인간 실존이란 원래 본질에 앞서는 것이라서 그런 모양이다.

이냐리투 감독의 대표작으로 〈21그램〉2003과 〈바벨〉2006을 꼽을 수 있고 두 영화 모두 〈비우티풀〉 못지않게 불편했다. 그러나 영혼의 무게를 가늠하고〈21그램〉 언어와 문화의 대류對流 현상을 간파〈바벨〉했다는 점에서 탁월한 메시지를 선사했다. 삶과 죽음에 대해 진지한 질문을 던지는 영화는 많지만, 관객의 관심을 골고루 끌어내는 것은 어렵다. 특히, 화면에서 낯선 나라의 낯선 사람들과 만나는 경우에는 더더욱 그렇다. 하지만 〈비우티풀〉은 비교적 익숙했고, 종교의 힘을 빌려 가족의 안녕을 비는 모습은 우리의 그것과 매우 흡사했다.

욱스발의 딸이 어느 날 아빠에게 영어단어 '뷰티풀'의 철자법을 묻는다. 그러자 욱스발은 소리 나는 대로 'biutiful'이라 써준다. 과연 그 장면에서 웃어야 할까, 울어야 할까, 아니면 그저 가만히 있어야 할까? 삶에는 의미가 있다고 해야 할까, 없다고 해야 할까, 아니면 그저 그런 게 인생이라고 해야 할까? 혹시 이 영화를 보려고 작정한 독자가 있다면 맘을 단단히 먹어야 할 것이다. 재미가 아니라 생각으로 이끄는 영화이다.

바벨

앞서 보았듯 알레한드로 곤잘레스 이냐리투 감독은 스페인의 고유 정서를 화면에 담아낸 감독으로 유명하다. 그가 이번에는 세계로 그 시선을 돌린다.

인류가 사용하는 언어는 얼마나 될까? 이제까지 등록된 것은 126가지이지만 소수민족이나 원시생활을 하는 이들의 언어까지 합치면 7000가지가 훌쩍 넘는다고 한다. 하지만 언어가 다르다고 인간의 사고나 감정까지 다른 것은 아니다. 다만 왕래가 원활하게 이루어지지 못할 뿐. 이냐리투 감독은 〈바벨〉미국/멕시코, 2006년, 142분이라는 영화를 통해 언어와 인종은 다르지만 지구는 이미 하나로 소통하고 있다는 사실을 보여준다. 긍정적이니, 부정적이니 하는 가치 평가를 내리기 이

전의 상태로.

영화의 제목은 구약성서 창세기 제11장에 나오는 '바벨탑 이야기'에서 가져왔다. 성서의 바벨탑 이야기는 두 가지 중요한 관점을 내포하고 있다. 하나는 전체주의적인 사고방식이 인간의 멸망을 불러온다는 것이고, 다른 하나는 세상의 언어들이 많아진 이유를 설명한다. 마치 우리의 선조가 바닷물이 짠 이유를 바다 밑에서 맷돌이 돌기 때문이라 생각했던 것처럼 고대 이스라엘에서는 하느님의 벌을 받아 언어가 나뉘었다고 간주했고, 이는 전적으로 신화적인 상상력이 만들어낸 결과_{발생학적인 관점}이다.

감독은 〈바벨〉에서 바벨탑 이야기의 고전적인 교훈을 거부한다. 일본인 야스지로_{야쿠쇼 고지}는 모로코에 사냥 여행을 갔다가 친절한 안내자에게 사냥총을 선물한다. 그 총은 양을 치는 안내자의 친구에게 건네졌고 그의 두 아들 유세프와 아흐메드는 심심풀이로 총을 쏘아본다. 그 총알이 미국인 관광객 수잔_{케이트 블란쳇}의 가슴을 꿰뚫었고 그로 인해 수잔과 남편 리처드_{브레드 피트}의 귀국이 늦어진다. 귀국이 늦어지자 두 사람의 자녀를 돌보는 멕시코인 가정부 아멜리아_{아드리아나 바라자}는 아들의 결혼식에 참석하기 위해 조카 산티아고_{가엘 가르시아 베르날}와 함께 수잔의 아이들을 데리고 국경을 넘어선다. 야스지로의 청각장애인 딸 치에코_{기쿠치 린코}는 권총 자살을 한 어머니 때문에 심한 혼란을 겪고 사냥총 사건을 수사하는 젊은 경찰 앞에서 극단적인 행동을 한다.

바벨탑 이전에는 인류가 한 가지 언어를 사용했으며, 모두 힘을 합쳐 탑을 쌓아 하느님의 자리에 도달하려 했다. 그러자 하느님은 인간의 언어를 흩어 인간의 욕망을 좌절시켰다. 그러나 영화 〈바벨〉은 하느님의 이같은 징벌에도 인류는 여전히 하나라는 사실을 강조한다. 보잘것없는 사냥총 하나가 인류 소통의 중요한 열쇠로 작용한다. 인간과 세상에 대해 신화적이고 발생학적인 관점을 거부하는 영화다.

〈바벨〉을 보고난 후 아카데미 시상식에서 파란을 일으킬 것으로 예상했다. 과연, 〈바벨〉은 감독상, 작품상, 편집상, 각색상 등 중요 상의 후보로 올랐고 여우조연상에는 기쿠치 린코와 아드리아나 바라자가 동시에 후보로 지명되는 영광까지 누렸다. 그러나 결과는 의외로 허무했다. 〈바벨〉은 슬그머니 뒷전으로 물러났고 그 자리를 〈디파티드〉가 차지했다. 거장 마틴 스콜세지에 대한 존경이라고밖에는 설명되지 않는 일이었다. 혹은 묵직한 중량감의 이냐리투 감독이 아직 할리우드의 상업성에 정통하지 못했던 것일까.

스페인 영화, 어둠에서 빛으로

스페인어권 감독이라고 하면 우선 떠오르는 인물로 이냐리투 외에도 〈그녀에게〉2002의 페드로 알모도바르 감독, 〈판의 미로〉2006의 기예르모 델 토로 감독, 〈시 인사이드〉2007의 알레한드로 아메나바르 감독, 〈마리포사〉2000의 호세 루이스 쿠에르다 감독 등이 있다. 이렇게 나열한 다음 이냐리투 감독까지 더하면 스페인 영화의 정서가 이해될 듯도 하다.

프랑코가 죽음을 맞은 1975년까지 무려 36년 동안 스페인은 세계 외교와 문화의 사각지대에 있었다. 그리고 독재에서 벗어난 후 프랑코 정권 시절의 암울했던 기억이 영화를 통해 속속 알려졌고, 그 대표적인 영화로 〈판의 미로〉를 꼽을 수 있다. 총과 칼이 지배하고 검열이 정당화된 강압적인 분위기에서는 문화가 꽃필 수 없다. 스페인이 어두운 시절을 벗어나면서 수많은 예술인들이 자신의 마음속에 품어두었던 말을 내보일 수 있었고, 그 결과 오늘날 세계 영화계를 선도하는 감독들이 대거 나올 수 있었다. 이냐리투는 특히 스페인의 토속 정서를 표현하고 이를 세계화시키는 데에 뛰어나다. 그의 영화에는 언제나 인간에 대한 깊은 이해가 깔려 있으며 이 정도 영화를 만들어야 안심하고 극장을 찾는 관객들도 적잖이 있다. 어쭙잖은 블록버스터나 역사성이 결여된 퓨전 사극은 백 번 만들어봐야 기껏 관객들의 숫자에 목숨을 거는 데에 그친다. 길고 긴 군사독재에서 벗어나 예술의 자유를 얻은 지 오래되었지만 여전히 우리나라 영화계는 제자리걸음을 하는 것 같아 던지는 푸념이다.

당신과 나의 마지막 사중주

⟨마지막 4중주⟩

쿠마에서 암포라 안에 있는 무녀巫女를 제대로 보았다. 소년이 무녀에게 물어보았다. '무녀야 무엇을 원하니?' 무녀는 대답한다. '죽고 싶어.'

_T. S. 엘리어트의 장시長詩 ⟨황무지⟩에서

황무지

나는 한번 호기심이 발동하면 기다리지 못하는 편이다. 인간적인 약점이라고도 할 수 있겠는데, 호기심을 해결하느라 분주하게 돌아다니다가 의문을 풀면 기분이 훨씬 나아지곤 한다. 그러니까 저 혼자 호기심을 쓸데없이 발동시켜 스트레스를 만들어내고 그것을 풀었다고 철없이 좋아하는 이상한 사람인 셈이다. 이렇게 쓰고 나니 약간 쓸쓸해지기도 한다. 그렇지만 가끔은 호기심이 인생에 도움이 된다. 〈마지막 4중주〉라는 영화를 보면서도 그랬다.

영화 중반부에 T. S. 엘리어트의 시가 나온다.

Time present and time past

Are both perhaps present in time future

And time future contained in time past.

If all time is eternally present

All time is unredeemable.

What might have been is an abstraction

Remaining a perpetual possibility

Only in a world of speculation.

What might have been and what has been

Point to one end, which is always present.

Footfalls echo in the memory

Down the passage which we did not take

Towards the door we never opened

Into the rose-garden. My words echo

Thus, in your mind.

현재의 시간과 과거의 시간은

아마도 모두 미래의 시간에 존재할 것이고

미래의 시간은 과거의 시간에 포함되리라.

모든 시간이 영원히 현재라면

모든 시간을 되찾을 수 없으리라.

일어날 수 있었던 일과 있었던 일은

한쪽 끝을 지향하는데, 그것은 항상 현재이다.

발소리들은 기억 속에서 메아리친다

우리가 택하지 않은 통로로

우리가 결코 열어본 적이 없는 문을 향하여

장미원으로 들어가. 나의 말도 메아리친다

그대의 마음에서.

_시집《사중주》에서 시 〈Burnt Norton〉 부분

예의 호기심이 발동한다. T. S. 엘리어트1888-1965는 어떤 사람인가? 그는 영국의 시인이자 비평가이다. 1920년대 영국 시단에 지대한 영향을 끼쳤으며 1948년에 노벨문학상을 수상한 바 있다. 수상에 영향을 미친 작품은 연작시 〈황무지The Waste Land〉였으며 시를 여는 구절은 그 유명한 '4월은 잔인한 달April is the cruelest month'이다. 4월이 오면 한번씩 들을 수 있는 말인데, 4월은 잔인한 달이라 겨우내 죽었던 라일락 꽃이 피어나고 추억과 욕망이 뒤섞여 봄비와 함께 생기 없던 뿌리에 어지러운 활기를 부여한단다. 차라리 대지를 망각의 눈으로 뒤덮던

겨울이 따뜻했다는 것이다. 시인이 전하고자 하는 바는 대체 무엇일까. 혹시 황무지의 사람들은 어느덧 죽음의 땅에서 평화를 찾는 게 습관이 되었다는 것일까? 이 구절이 나오는 소제목도 그에 맞게 '죽은 자의 매장The Burial of the Dead'이다.

마지막 4중주

크리스토퍼 월켄. 이 배우를 처음 본 게 〈디어헌터〉1978에서였다. 훤칠한 키에 수사슴을 닮은 우수에 찬 눈빛으로 로버트 드 니로와 러시안 룰렛을 하러 마주앉은 모습이 생각난다. '한방에!'라는 말을 뇌까리며 자신의 머리에 총을 당겨 숨을 거두고 마는 그의 모습이 얼마나 충격적이었던지! 그랬던 그가 오랜 세월을 지나 결성 25주년 기념 공연을 앞둔 세계적인 현악사중주단 '푸가'의 첼리스트로 분해 앉아 있다. 그러다가 갑자기 연주를 끊고 일어나 청중들에게 하직 인사를 한다. 사실 크리스토퍼 월켄은 지난 세월 동안 그저그런 어울리지 않는 옷만 입다가, 실로 오랜만에 자신의 진가를 보여주는 역을 맡았다. 〈마지막 4중주〉A late Quartet, 야론 질버먼 감독, 미국, 2012, 105분의 첫 번째 장점이다.

〈마지막 4중주〉의 가치는 단연 캐릭터에 있다. 공연을 앞두고 사중주단 '푸가'는 큰 위기에 봉착한다. 그 과정에서 네 사람의 성격이 드러나는데, 제2바이올린 로버트필립 세이모어 호프만는 첼리스트 피터크리스토퍼 월켄가 파킨슨병으로 은퇴하는 시점에 맞추어 팀을 재정비, 자신이 제1바이올리니스트 자리에 올라서길 원한다. 하지만 스스로의 실력을 최고로 아는 제1바이올리니스트 다니엘_{마크 이바니어}에겐 씨도 안 먹히는 소리다. 로버트의 소원을 알게 된 그의 부인이자 비올라 주자인 줄리엣_{캐서린 키너}은 남편에게 깊은 상처를 주는 말을 하고 만다. "당신은 최고의 제2(!)바이올린 연주자예요." 사실 줄리엣이 결혼 전 진정으로 원한 상대는 다니엘이었지만, 어찌어찌하다가 로버트의 아내가 된 것이다. 네 배우는 역할에 맞추어 나무랄 데 없는 연기를 보여준다. 이름값을 톡톡히 한 셈이다.

이야기도 좋고 구성도 탄탄하고 연기도 출중한 데 더하여 곳곳에 나오는 대사도 새겨들을 만했다. 첫 장면에 피터가 인용하는 T. S. 엘리엇의 시집 《사중주》, 피터와 파블로 카잘스의 두 번의 만남, 로버트와 줄리엣 부부의 딸인 알렉산드라_{이모젠 푸츠}가 내린 현악사중주에 대한 명쾌한 정의, 그리고 은퇴 무대에서 밝힌 베토벤의 현악사중주 14번에 대한 피터의 설명. 하나하나가 쏙쏙 들어오는 구성이었다. 근래에 이렇게 아름다운 영화 대사를 들어본 적이 있었던가 싶을 정도였다. 좌충우돌 사건을 일으키는 이모젠 푸츠의 종잡을 수 없이 내달리는 연기도 맘에 들었다.

엔딩 크레딧이 올라오는 동안 베토벤 현악사중주 제14번 7악장이 영화관을 채웠고 단 한 사람의 관객도 일어서지 않았다. 영화를 본 극장이 원래 진중한 곳인 까닭도 있을 테고, 관객 대부분이 7악장을 처음 들어보아서 그랬는지도 모른다. 감동적인 순간이었다. 그만큼 훌륭한 영화였다는 의미이리라. 얼마 전 상영된, 은퇴한 성악가들의 이야기인 〈콰르텟〉2012도 훌륭한 음악영화였으나 〈마지막 4중주〉에는 못 미친다는 느낌이 든다. 운율에 맞게 잘 쓰인 한 편의 시 같은 영화 〈마지막 4중주〉는 토론토 영화제, 밴쿠버 영화제, 글래스고 영화제, 덴버 영화제 등에서 주목받았다.

죽고 싶어

얼마 전 장인어른이 돌아가셨다. 장모님의 다급한 전화를 받고 처 갓집에 가보니 이미 구급차가 와 있었다. 서둘러 응급실로 달려갔고, 응급실에서 사망진단을 받은 시신은 즉시 안치실로 옮겨져 냉동고에 보관되었다. 그리고 이틀쯤 후 입관 예배에서 가족들과 하직한 후 화장터로 가 재만 남아 자그만 항아리에 담겨져 납골묘에 들어가셨다. 조문객에게 식사대접을 하고 마지막으로 상조회사와 계산을 나누면서 빌려 입었던 상복을 반납하니 그걸로 끝이었다. 나흘 후부터는 다시 출근해 일상을 살았다.

몇 번인가 염을 지켜보았다. 초등학생이었던 어느 날 아침, 어머니와 이모들의 울음소리에 눈을 떴고 복도를 지나 열린 문 사이로 얼굴에 수건이 덮인 할아버지를 보았다. 그날부터 집안엔 식구들이 들끓더니 다음 날 모두 할아버지의 입관 예식에 함께했다. 워낙 어렸던 까닭에 대성통곡하는 식구들 틈에서 뭐가 뭔지 알지 못했다. 그에 비해 부모님의 입관은 생생히 기억난다. 시신이 깨끗하게 닦이고 수의를 입히고 입에 쌀을 물리고 천으로 얼굴을 덮기까지 꽤 오랫동안 고인에게서 눈을 뗄 수 없었다. 그러다가 잠시 염습사의 얼굴을 보았는데 면도를 얼마나 깔끔하게 했는지 턱 부분이 유난히 파랬다. 그러고는 끝. 눈물이 앞을 가려 더 지켜볼 수 없었다. 그에 비해 장인어른의 입관은 익숙했다. 염습사의 턱은 여전히 파랬고 손놀림도 예전에 보았던 것이었으며 진행과정마다 일일이 설명을 붙이던 것도 귀에 선했다. 죽음이란 아무리 간단하게 처리한들 그냥 지나가지 않는다.

〈마지막 4중주〉는 죽음을 보는 것 같은 영화였다. 피터는 파킨슨병에 걸린다. 첼로 연주자이기에 손마디가 서서히 굳어가는 병에 걸렸다는 사실이 너무나 치명적이다. 그런데 피터를 둘러싼 나머지 연주자들은 피터의 병보다 자신들에게 닥친 문제에 훨씬 골몰해 있다. 이참에 제2바이올리니스트 자리에서 벗어나고 싶은 사람과 첼리스트가 바뀐다고 하여 제1바이올리니스트 자리에 변화가 생길 수는 없다는 사람. 그동안 조화를 이끌어낸 비올리스트의 위치는 가족사가 꼬이면서 평정을 잃고 만다. 처음 사중주단을 결성하고 수십 년 하모니를 맞춰온 스승 피터가 바야흐로 사라지려는 판에 아무도 그의 마음을 헤아려주지 못한 것이다. 결국 마지막 공연에서 피터는 연주를 끊고 자기 목소리를 들어달라고 하소연하기에 이른다.

죽음이야말로 그런 게 아닐까? 아무도 죽은 이의 이야기를 들으려 하지 않는다. 그가 살아온 삶을 다 같이 모여서 기리고 그가 이룩한 가치들을 존중하며 눈물을 보이지만 결국 죽은 자는 죽은 자일 뿐. 슬픈 일이지만 죽은 자를 매장하는 4월은 잔인한 달이다. 그러니 죽은 자에게는 차라리 망각의 눈으로 뒤덮인 겨울의 대지가 따뜻하지 않겠는가! 오랫동안 그려온 평화를 향해 아쉬움을 남겨두고 훌쩍, 떠나면 그뿐이리라.

피터는 사중주단 '푸가' 결성 25주년 기념공연에 난이도가 높기로 잘 알려진 베토벤 현악4중주 제14번 연주를 선보이자고 제안한다. 한편 스승과 제자, 친구와 연인, 분노와 절망, 열정과 환희의 25년이 끝나려는 지금, 세계적인 명성을 자랑하던 사중주단은 최대의 위기를 맞는다. 무릇 모든 생명은 죽음을 맛본다. 푸가 사중주단의 명성이 아무리 높다 한들 영원히 지속될 수는 없다. 당장은 피터에 대한 존경심으로 위기를 넘기고 새로운 첼리스트를 받아들였지만 언젠가 그 끝이 올 것이다. 세상은 그렇고 반드시 그래야만 한다. 내가 처음으로 연작시 〈황무지〉를 읽은 것이 대학생 시절이니 벌써 30년이 훌쩍 넘었다. '황무지'를 통해 죽음에 대해 새롭게 생각할 기회를 얻었다. 특히, 암포라에 갇힌 채 영원히 살아야 하는 무녀의 독백은 두고두고 내 머리를 떠나지 않았다. 엘리어트가 평소 존경했던 에즈라 파운드에게 바치는 서문에 나오는 독백.

"죽고 싶어!"

⚙ 혈연을 넘어
   미움을 넘어

〈그렇게 아버지가 된다〉 & 〈가족의 탄생〉

―――――――

　일본의 영화감독 중 절제된 감정으로 사물을 표현하는 데 탁월한 능력을 가진 이들이 있다. 다키타 요지로와 이와이 슌지 등이 떠오르는데, 고레에다 히로카즈도 이 분야에서 상당한 내공을 지녔다. 특히, 히로카즈의 〈걸어도 걸어도〉2009에서 자식을 먼저 보낸 어머니의 이야기는 도대체 울어야 할지 웃어야 할지 모를 정도로 슬픔이 억제되어 있었다. 원래 일본 사람들은 자신의 감정을 잘 내비치지 않는다지만 자식을 먼저 보낸 어머니까지도 어찌 눈물 한 방울 흘리지 않을 수 있다는 말인가!

그렇게 아버지가 된다

히로카즈 감독의 〈그렇게 아버지가 된다〉일본, 2013년, 121분 역시 대단한 절제미를 보여주는 영화이다. 그렇게 숨겨진 메시지가 얼마나 강렬했던지 2013년에 칸 영화제에서 심사위원상을 받기도 했다. 본디 심사위원상은 대상의 성격과 확실하게 구분되는 작품성을 갖고 있기에 언제나 눈여겨볼 가치가 있다. 〈그렇게 아버지가 된다〉의 소재도 매우 독특한데, 우리나라에서도 종종 문제가 되었던, 산부인과에서 아기가 바뀐 사건이다.

영화에 등장하는 병원 직원은 아기가 바뀐 경우 제자리를 찾아주는 게 상례라고 한다. 진실이 밝혀진 이상 그저 방치할 수 없다는 뜻이다. 이와 더불어 법적 조치까지 취해져 재판을 통해 피해 부모는 상당액의 배상금을 지급받는데, 당연히 병원과 배상금 액수로 다툼을 벌이게 된다. 돈 문제가 끼어들면서 묘한 방향으로 사태가 진행하리라는 암시를 던지는 대목이다. 그러나 이 영화를 통해 히로카즈 감독이 던지는 메시지는 정의실현 같은 사회적 차원과는 거리가 멀다. 그보다는 오히려 가족과 관련한 보편적인 이야기를 끌어내려 한다.

이야기는 먼저 뒤바뀐 아들 중 하나인 게이타니노미야 게이타의 부모인 료타후쿠야마 마사하루와 미도리오노 마치코, 그리고 다른 아이인 류세이의 부모 유다이릴리 프랭키와 유카리마키 요코를 중심으로 움직인다. 그러다가 료타가 친엄마 대신 의붓어머니의 손에서 자란 전력이 있다는 사실이 밝혀지고, 사건의 책임이 있는 간호사가 전처의 아이들을 키워야 하는 처지였다는 사실이 부각된다. 여기서 이야기가 천천히 게

이타와 류세이에게 넘어가더니 마침내 '어떻게 아버지가 되는지'에
대한 감독의 속내가 드러난다. 료타가 아버지로서 역할을 깨닫는 순
간, 감독이 내리는 새로운 가족의 정의가 밝혀지는 것이다.

가족의 탄생

'가족'이란 무엇일까? 가족이라고 하면 료타의 아버지가 단언했듯
우선 혈연관계가 떠오른다. 혈연은 가족의 중심개념이자 가족 전통
의 근간이기도 하다. 한때 우리나라에서는 누군가를 첫 대면한 자리
에서 본관本貫이 어디이며 중시조中始祖는 누구이고 항렬行列이 어떻게
되는지 묻곤 했다. 그때 대답을 얼버무린다거나 얼토당토 않은 소리
를 하면 다시는 상종 못할 인사로 취급했다. 그러고 보니 격세지감이
느껴지지만, 우리나라뿐 아니라 어느 나라에서든 가족은 불변의 지
위를 획득하고 있다.

여기에 담긴 생각은 분명하다. '나'는 과거의 종합이라는 것. 이 논
리를 따라가면 나의 개인적인 의지와 다른 '나'라는 존재가 결정된
다. 과거가 미래의 우리를 결정한다는 뜻이다. 하지만 이는 인간에게
주어진 자유와 성찰의 가능성을 배제한 편견일 뿐이다.

〈그렇게 아버지가 된다〉와 함께 볼 만한 우리 영화로 〈가족의 탄
생〉김태용 감독, 한국, 2006년, 113분이 떠오른 것은 우연이 아니다. 영화의 주
인공은 다섯 명의 여성이다. 평생 수동적인 삶을 살면서 남동생의 망
나니짓을 남매의 정으로 수용하는 미라문소리, 술집에서 이 남자 저

남자 상대하며 잔뼈가 굵은 무신고두심, 유부남이든 홀아비든 자신에게 접근하는 남자들을 밀어내지 못하는 매지김혜옥, 어머니 매지의 우유부단함에 질려 어떻게든 벗어나보려는 선경공효진, 그리고 천성적으로 남을 도울 수밖에 없는(?) 채현정유미. 모두 이 영화의 당당한 주인공들이다.

이 여성들은 각자 할 말 많은 인생을 살아간다. 여기서 주목할 것은 자칫 산만할 수 있는 이야기 흐름을 잘 묶어 적절하게 배치함으로써 영화의 탄력을 유지했다는 점이다. 그러면서도 전체를 관통하는 하나의 주제는 무엇일까? 바로 예로부터 우리에게 익숙한 한국 여성들의 정情이다. 자신을 필요로 하고, 자신에게 사랑한다고 고백하고, 한참을 같이 살다보면 비록 남편의 전부인이 남긴 아이라도 거두어들이는 끈끈한 정 말이다. 그런 '정'은 도저히 가족 구성이 불가능할 것 같은 조건에서도 연대감을 생산해낸다. 그렇기에 '가족' 성립의 우선 조건은 인간에 대한 깊이 있는 이해여야 할 것이다.

영화를 보면서 현재 한국 영화계에서 연기력 뛰어난 여성 배우들을 한데 모았다는 느낌을 받았다. 우리 영화계의 현실을 생각할 때 크게 위로가 되었다. 더불어 오늘날 강수연의 뒤를 이을 배우는 단연 문소리밖에 없으리라는 생각도 잠시 스쳤다.

무엇이 가족을 만드는가
히로카즈 감독의 말에 따르면, 과거의 다른 표현인 '피'가 가족의

진가를 결정하는 게 아니다. 피는 기본 조건일 뿐 결국 가족 공동체의 운명은 그 구성원들이 어떻게 앞으로 나아가는지에 달려 있다. 즉, 인간의 의지로 결정론決定論을 돌파해낼 수 있다. 료타는 그 사실에 대해 완전히 눈을 감고 있었다. 마치 〈가족의 탄생〉에 등장하는 남성들이 자기가 가족의 주인이라 생각하지만 실은 철없고 무책임한 사람들일 뿐인 것처럼.

자만심의 인간 료타는 류세이의 아버지 유다이에게 자기가 서로 바뀐 두 아이를 모두 키우겠다는 무례한 말까지 서슴지 않는다. 유다이는 그런 료타에게 꿀밤을 한 대 쥐어박는다. '이런 괘씸한 놈'이라는 느낌이 아니라 '아, 이런 어리석은 친구 보게!'라는 연민이 담긴 한방이었다. 자칫 파국으로 치달을 수 있는 위기를 부드럽게 풀어내는, 아주 고급스러운 연출이었고 유다이가 어떤 사람인지 알려주는 장면이었다.

영화 초입부터 한번은 관객을 된통 울리고 말 것이라고 생각했다. 이렇게 절박한 소재의 영화에서 절대 지나칠 수 없는 대목이고, 사실 영화의 승부는 거기서 결정나기 마련이므로. 이제나 저제나 조마조마하게 기다리던 순간이 드디어 찾아왔고 히로카즈 감독은 확실하게 관객의 눈물을 이끌어냈다. 가슴이 벅차 숨이 꽉 막힐 지경이었다. 집에 돌아와서 영화를 반추하다가 또다시 울고 말았다.

〈그렇게 아버지가 된다〉는 기존 형태에서 벗어난 새로운 가족상을 그린다. 이 새로운 가족은 성이나 출신성분이나 장소를 가리지 않는다. 그리고 때론 적극적으로, 때론 어쩔 수 없이 하나의 공동체를 만들어야 하는 얄궂은 상황에 노출된다. 누구도 어찌해볼 수 없는 이 얄궂은 상황이 영화를 풀어나가는 열쇠로 작용한다. 불교의 가르침에 나오는 인과응보因果應報의 개념은 세상 돌아가는 이치를 설명해주지만, 한편으로는 현재의 '나'를 빼도 박도 못하는 과거의 산물로 묶어버린다. 그런 의미에서 인과응보란 결정론決定論의 다른 이름이다. 앞의 두 영화는 바로 이 결정론에서 과감한 탈출을 시도한다. 낡아빠진 가족제도에 반기를 던진 것이자, 대안 가족을 찾아보려는 용기 있는 도전이다.

#대안가족 #우리는언제가족이되는가 #가족과운명

내 인생이
기쁠 수 있었던
까닭은

〈마더 데레사의 편지〉 & 〈마더 데레사〉

────────────

우리가 존경하는 간디는 다음과 같은 말을 남겼습니다. "누구든 가난한 이를 섬기는 자는 바로 하느님을 섬기는 자입니다." 나는 내 인생의 대부분을 병든 이와 죽어가는 이와 버림받은 이와 사랑에 목마른 이와 문둥병 걸린 이와 정신적으로 어려움을 가진 이들을 위해 바쳤습니다. 왜냐하면 나는 하느님을 사랑하고 그분의 말씀을 믿기 때문입니다. "이 작은 자들에게 한 일이 나를 위해 한 일이다 마태복음 25:40."

위의 글은 테레사 수녀가 데사이 인도 대통령에게 보낸 편지의 일부이다. 테레사 수녀는 온 생애를 인도에서 선교했으며 인도에서 숨을 거두었다. 탄생지만 유럽이었을 뿐 뼛속까지 인도 사람이라 할 수

172

도 있겠다. 테레사 수녀가 걸어온 길은 글자 그대로 성인의 길이었다. 하지만 이는 오늘날 이미 성인품聖人品에 오른 분을 추앙하느라 던지는 말이지, 그분이 살아오면서 실제로 겪은 일들과 그 인간적인 면모는 잘 알지 못한다. 그래서 영화가 필요한 게 아니겠는가. 결과에 이르기까지의 모든 과정을 결과만 바탕해 그럴듯하게 포장해서는 안 된다.

인물영화에서는 대개 인생 전체를 서술하지는 않는다. 인물의 됨됨이를 보여주려면 인물과 관련된 몇 가지 주요 사건에 집중해 심도 있게 해석하는 것이 효과적이기 때문이다. 이순신을 이해하기 위해서는 명량해전을 그리면 되고〈명량〉(2014), 말더듬이 에드워드 왕을 그리려면 독일에게 한 선전포고 연설로 충분하다〈킹스 스피치〉(2012). 그렇다면 마더 테레사를 알려면 어떤 사건을 꺼내면 될까? 테레사 수녀가 받은 노벨상? 혹은 죽음을 앞두고 겪은 고통? 윌리엄 리에드 감독은 마더 테레사가 재속수도회일상생활 속에서 공동의 규칙을 지키는 평신자들로 이루어진 수도회를 창립하기까지의 이야기에 초점을 모았다.

마더 데레사의 편지

2014년 프란치스코 교황의 방한에 맞추어 〈마더 데레사의 편지〉The Letters, 윌리엄 리에드 감독, 미국, 2013년, 120분가 개봉했다. 종신서원일생을 마칠 때까지 하느님에게 자신을 바치기로 서원하는 일까지 한 봉쇄수도회를 나와 뉴델리의 거리로 뛰어들기까지의 쉽지 않은 과정을 담은 영상이다.

영화는 로레토 수도회 소속의 테레사 수녀줄리엣 스티븐슨가 인도 콜카타의 성 마리아 여학교에서 가르치던 때부터 시작한다. 테레사 수녀는 그 학교에서 20년 가까이 학생들에게 지리를 가르치고 있었다. 테레사 수녀가 예수 체험을 한 1943년의 콜카타는 빈민들이 득실거리는 도시였다. 먹고살 게 없는 사람들이 일자리를 찾아 도시로 몰려들었기 때문이고, 이슬람교도와 힌두교도 사이의 반목까지 극심해져 거리에서는 매일 싸움이 벌어지고 있었다. 그런 상황에서 테레사 수녀는 병들고 가난한 이들을 위해 거리로 나갈 결심을 한다.

언뜻 거리에 나가 사람들을 돕겠다는데 말릴 사람이 있을까 싶지만 교회와 수도원장의 견해는 달랐다. 테레사 수녀는 이미 로레토 수도회에서 평생을 살기로 종신서원을 한 상태였기 때문이다. 종신서원까지 한 수도회를 나와 또 하나의 수도회를 차린다는 것은 교회법적으로 문제가 있었다. 더구나 다시 속세로 돌아와 빈자들과 함께하는 재속수도회를 만들 수는 없는 노릇이었다. 그렇게 하려면 로레토 수도회의 원장과 콜카타 대주교의 허락이 있어야 할 뿐 아니라 교황청의 승인까지 얻어야 했다. 테레사 수녀는 모든 어려움을 극복하고 1950년에 드디어 '사랑의 선교회'라는 재속수도회를 창설하기에 이른다.

가톨릭에서 성인이 되려면 일반적으로 그 인물과 관련된 두 가지 기적이 있어야 한다. 만일 기적 하나에 머물면 우연일 수도 있으므로 최소한 두 개의 기적이 필요한 것이다. 테레사 수녀의 경우, 그분의 사진을 보고 기도한 어느 여인의 병이 기적적으로 치유되어 복자품한 가지 기적이 있으면 일단 복자품에 오른다을 받았지만 아직 한 가지 증거가 더 필요했다. 교황청에서는 프라그 신부롯거 하우어에게 테레사 수녀에 관한 증거를 수집해오라는 명을 내렸고, 테레사 수녀와 같은 학교에 근무했고 후에도 늘 같이했던 반 엑셈 신부막스 폰 시도우를 찾아간다. 반 엑셈 신부는 그 자리에서 테레사 수녀와 주고받은 편지들을 가져오고 그 편지에 담긴 내용이 바로 영화 〈마더 데레사의 편지〉에 담겨 있다.

학교를 박차고 나와 콜카타의 빈민가로 향하는 테레사 수녀의 씩씩한 발걸음과 달리, 그곳 사람들은 가톨릭 선교를 하러 왔다고 오해해 배척한다. 그중에서도 한 부부는 특히 테레사 수녀의 일을 집요하게 방해한다. 혼자서 고군분투하던 테레사 수녀의 소식이 전해지자 제자들이 동참하고 의료사업에 필요한 건물을 수소문해주는 등 차츰 사람들의 인심을 얻어나간다. 그리고 테레사 수녀를 괴롭히던 부부의 집에 들러 거꾸로 선 아기의 출산을 도와 새 생명이 탄생한다. 돌아가는 테레사 수녀 뒤로 아기의 아버지가 쫓아오고 그는 마침내 테레사 수녀의 발에 입맞춘다. 그때 테제 성가인 '나와 함께 있으라'의 장엄한 오케스트라 연주가 배경을 장식한다.

Bleibet hier und wachet mit mir, 여기 나와 함께 깨어 있으라.
Wachet und betet, 깨어 기도하라.
Wachet und betet, 깨어 기도하라.

감동적이었다는 말 외에 이 영화를 설명할 방법이 없다. 조국 알바

INTENSE LOVE DOES NOT MEASURE, IT JUST GIVES.

Mother
Teresa

니아를 떠나 인도까지 와서 죽어가는 가난한 이웃의 임종을 지킨 분. 마지막 순간까지 외롭지 않게 세상을 떠날 수 있도록 도운 분. 인종과 국적, 성별과 종교, 부자와 가난한 자, 온갖 차이를 넘어 가난한 자들의 어머니가 된 마더 테레사. 〈마더 테레사의 편지〉는 2014년 가톨릭 영화제 감독상과 여우주연상을 수상했다.

마더 데레사

〈마더 데레사의 편지〉가 사건에 집중한 영화라면 이보다 십 년 전에 만들어진 〈마더 데레사〉파브리지오 코스타 감독, 이탈리아 외, 2004년, 118분는 테레사 수녀의 일생을 다룬 작품이다. 이 영화는 사실, 이탈리아에서 큰 인기를 누린 TV 시리즈의 요약본이다. 영화에서 몇 가지 주목할 부분이 있다.

우선 테레사 수녀의 종교 체험이다. 콜카타의 기차역. 승객들과 환자, 거지들로 넘쳐나고 있다. 그곳에서 테레사 수녀는 거적에 누워 손짓하는 환자와 우연히 눈이 마주친다. 테레사 수녀가 그에게 천천히 다가서자 갑자기 역에 북적대던 사람들이 사라지고 오직 환자와 무릎 꿇은 테레사 수녀만 남는다. 그는 테레사 수녀에게 가는 소리로 말한다. '물을 좀 주세요.' 그 말을 마지막으로 환자가 숨을 거두자 언제 그랬냐는 듯이 기차역은 다시 붐비기 시작한다. 파브리지오 코스타 감독은 테레사 수녀의 소명 순간을 그렇게 묘사한다.

그때의 체험을 나중에 세라노 신부에게 털어놓는 장면도 인상적이었다. 테레사 수녀는 마태복음을 인용한다. "이 작은 자들에게 한 일이 나를 위해 한 일이다." 세라노 신부는 테레사 수녀의 활동이 올바른지 평가하러 교황청에서 파견된 사람이었는데 그 고백을 듣고 자신도 콜카타에 눌러앉고 만다. 감독이 앞뒤를 정확히 계산해 영화를 만들었음을 보여주는 부분이다.

테레사 수녀를 연기한 올리비아 허시의 연기도 뛰어났다. 테레사 수녀의 구부정한 자세와 걸음걸이와 인사할 때 합장하고 상대의 머리를 두 손으로 잡는 동작까지 진짜 테레사 수녀를 보는 듯했다. 청순한 아름다움이 빛난 〈로미오와 줄리엣〉1968의 올리비아 허시가 최고의 연기를 보여준 작품이다. 이 역할을 위해 오랫동안 준비한 것 같았다.

영화 속에서 세월이 한참 흘러 테레사 수녀가 사랑했던 소녀가 놀이터에서 떨어져 허무하게 죽는 일이 발생한다. 소녀의 유품을 들고 빗속을 걸어가 강물에 띄워 보내는 테레사 수녀. 황혼을 배경으로 강가에 앉아 테레사 수녀는 이야기한다. "나의 마음속에는 아직 어둠이 있습니다……."

널리 알려진 인물을 영화로 만드는 일은 어려운 작업이다. 많은 이들이 생생히 기억하는 인물이라면 더욱 그렇다. 비록 인물을 다루는 연출 방법이 다르지만 〈테레사 수녀의 편지〉와 〈마더 데레사〉는 그 어려움을 비교적 잘 극복한 영화들이다. 테레사 수녀의 일생에서 중요한 부분들을 스크랩해 차분히 이야기를 엮어나간, 잘 쓰인 전기소설을 읽는 느낌이었다. 할리우드 영화에 길들여진 관객이라면 극적인 부분이 없다고 불평을 터뜨릴지도 모르겠다. 그러나 이 두 작품은 시각을 바꿔야 참맛을 즐길 수 있는 영화다.

테레사 수녀는 가난하고 헐벗은 이들을 위해 일생을 바쳤고 그 공로를 인정받아 1979년 노벨평화상을 수상했다. 테레사 수녀의 존재가 세상에 널리 알려진 계기였다. 오늘날 '사랑의 선교회'는 세계 120여 개국에서 어려운 이를 돕는 선교활동을 펼치고 있으며, '마더 테레사 협력자회'라는 국제적인 연대가 조직되어 있다. 한 사람의 수녀가 시작한 일이 이제 세계적인 사업이 된 것이다. '사랑의 선교회'라는 수도원을 창설한 이후로 테레사 수녀는 '어머니'라는 호칭으로 불린다. 수사님Brother과 신부님Father처럼, 수녀님Sister과 어머니Mother라는 짝으로 이해하면 될 것이다.

테레사 수녀의 편지를 조금 더 읽어보자.

내 인생이 기쁠 수 있었던 유일한 까닭은, 가난한 이들과 소외된 이들과 굶주리고 목마른 이들, 그리고 헐벗고 거리로 내쫓긴 이들의 처참한 모습 안에 계신 하느님을 사랑하고 섬기는 일이었습니다. 그런 행동을 통해 나의 모든 고통받는 형제들과 자매들에 대한 그분의 사랑과 자비를 선포할 수 있었습니다.

———○ #소명의기쁨 #인물을그리다 #깨어있는삶

나

_____

죽음의 순간, 우리는 무슨 생각을 할까

〈안녕 헤이즐〉 & 〈나우 이즈 굿〉

몇 년 전만 해도 부고訃告라 하면 친구들 부모님의 슬픈 소식이 대종을 이루었다. 그런데 요즘은 친구들의 부고도 심심치 않게 들려온다. 아직 할 일이 많이 남아 있는 나이인데……. 그중에서도 당황스러울 때는 멀쩡했던 친구가 급사한 소식을 접한 경우다. 바로 며칠 전에 통화를 했고 다음 달 동창모임에서 만나 회포를 풀기로 약속했는데 그만 유명을 달리한 것이다.

친구의 장례식에 가면 기분이 영 찜찜하다. 하필이면 내 주변에서 이런 허망한 일이 벌어질까? 무엇이 잘못되었기에 나는 친구를 잃었나? 아쉬움에 사로잡혀 무한정 영정만 바라보기도 했다. 그리고 혼잣말로 중얼거린다. '자네 고통이 무엇인지 뻔히 알면서도 일부러 모른 척했네. 그렇게 모른 체해주는 게 자네를 돕는 길이라고 생각했거든. 메신저로 보내온 마지막 사연을 보니 요즘 신나게 배우는 독일어로 서툰 인사를 한 것이더군. 엉성하게 답을 준 게 미안하네. 사실 우리 나이에 뭐하러 사용하지도 못할 독일어를 배우는지 한심하게 생각했거든. 그런데 일주일 만에 심장마비가 웬 말인가.' 돌아보니 모두 친구에게 그간에 하고 싶었던 말들이다. 이제는 만날 수 없는 나의 친구여.

안녕 헤이즐

암! 헤이즐세일린 우들리은 불과 18살 나이에 말기 암 환자로 살고 있다. 부모는 딸 앞에서 가슴이 미어지지만 내색하면 안 되기에 과도하게 긍정을 가장한다. 헤이즐은 그럴 때마다 오히려 부모의 삶이 자신에게 담보 잡힌 것 같아 슬퍼진다. 엄마로라 던는 딸에게 몇 번이고 심리치유 모임에 나가보라고 권했고, 잔소리에 지친 헤이즐은 마침내 모임에 나간다. 가슴 저미는 영화 〈안녕 헤이즐〉The Fault in Our Stars, 조쉬 분 감독, 미국, 2014년, 125분은 그렇게 시작한다.

나이 지긋한 어른이라도 감내하기 힘든 고통. 당장이라도 병이 심각해지면 죽고 말 거라는 불안한 생각이 꽉 들어찬 오늘. 그렇게 절망의 하루하루를 보내는 내게 무슨 모임을 나가란 말인가? 어거스터스안셀 엘고트가 모임에 등장하기 전까지 헤이즐의 삶은, 엄정한 의미에서 제대로 된 삶이 아니었다. 어거스터스. 비록 영화 제목은 〈안녕 헤이즐〉이지만 〈안녕, 거스〉라고 해도 될 법했다. 그만큼 영화에서 강한 인상을 남긴 인물이 어거스터스다. 그는 근육암으로 이미 다리 한쪽을 잘라낸 바 있고 암이 딴 곳으로 전이되지 않을까 걱정하는 처지다. 모임에서 만난 둘은 강하게 끌렸고 언제 끝날지 모르는 사랑을 시작한다. 〈안녕 헤이즐〉이 삶을 반추하는 철학영화가 아닌, 러브스토리인 까닭이다.

헤이즐과 어거스터스에게는 나이에 걸맞지 않는 어른스러움이 있다. 상처를 주지 않기 위해 남을 밀어낼 줄 알고, 죽음이 어떤 의미인지 줄기차게 생각하며, 그러다 보니 자신들에게 남은 날들을 어떻게 가치 있게 보낼지 성찰하게 된다. 암에 안 걸린 채 수십 년을 살아도 결코 얻지 못할 지혜를 불과 십 대에 터득한 셈이다. 그처럼 삶의 지혜는 나이와 무관하다. 아마 지혜란 경험의 양이 아니라 질에 좌우되는 문제여서인가 보다.

대사들 하나하나가 치밀하게 다듬어진 느낌이 들었다. 어거스터스는 크리스마스트리처럼 자신의 몸에 암 세포가 퍼져 있다고 한다. 이렇게 표현해놓으니 암이 마치 남의 나라 이야기처럼 들린다. (십 년 전쯤 죽은 내 친구의 CT 촬영 사진에는 마치 불꽃놀이를 하는 듯 암세포가 간 구석구석까지 퍼져 있었다고 한다.) 특히, 서로의 죽음을 위해 써놓은 추도사와 그 추도사를 미리 읽어주는 장면이 인상 깊었다. 남은 이들에게 내가 어떤 의미를 주는 사람이었는지 알 수 있는 소중한 기회이기 때문이다. 이 역시 주변의 친지들과 한번쯤 나누고 싶은 경험이었다.

주연배우들의 연기가 뛰어났다. 특히, 셰일린 우들리의 연기는 놀라운 발견이었다. 그녀는 알렉산더 페인 감독의 〈디센던트〉2011에서 제멋대로인 청소년 역을 멋지게 소화해내더니 〈다이버전트〉2014라는 영화에서는 초능력 전사로 활약하기도 했다. 앞으로 큰 기대를 해도 될 법한 배우다. 갑작스레 등장해 헤이즐에게 충격만 안겨준 채 사라진 피터 반 후텐 역의 윌렘 데포는 존재 자체가 연기였다. 슬슬 관록이 붙기 시작한 것이다.

〈안녕 헤이즐〉은 사랑하는 친구를 잃는 고통이 얼마나 큰 것인지 가르쳐준다. 더불어 어떤 고통 속에서든 인간이란 존재는 삶을 이어나갈 수 있다는 엄연한 사실을 새삼 확인하는 기회도 제공한다. 그러니까 장례식이란 헤이즐의 말대로, '죽은 자들을 위한 게 아니라 남은 이들을 위한 것'이라고 하는 게 옳다.

나우 이즈 굿

〈나우 이즈 굿〉올 파커 감독, 영국, 2012년, 103분은 흔히 백혈병으로 불리는 혈액암에 걸린 소녀의 이야기다. 주인공 테사다코타 패닝는 혈소암이 심각해져 언제 죽을지 모르는 처지다. 그녀는 마지막으로 하고 싶었던 일들의 목록위시리스트을 작성해놓고 실천하려는데, 언제나 쉽지 않다. 여건이 불충분해서이기도 하지만 대체로 용기가 부족해서다. 테사의 첫 번째 보호자는 그녀의 아버지패디 콘시딘로, 부담감을 못 견뎌 딸을 멀리하는 엄마와 달리 딸에게 최선을 다한다. 그런데 옆집의 잘

AN IMPERIAL AFFLICTION

PETER VAN HOUTEN

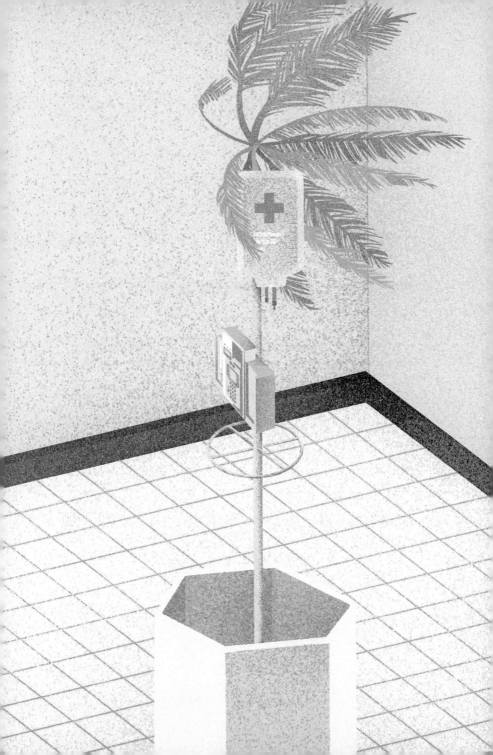

생긴 총각 애덤제레미 어바인이 갑자기 나타나면서 테사의 마지막 길이 심하게 흔들리기 시작한다. 여기까지는 〈안녕, 헤이즐〉과 비슷한 설정이다.

헤이즐과 어거스터스의 경우와 달리 아담과 테사의 사랑은 그리 굳건하지 못하다. 아담은 테사에게 끌리지만 그녀의 죽음을 감당해낼 자신이 영 생기질 않는다. 그 즈음 테사에게 '나 없어도 열심히 살아달라'는 부탁을 받고, 그 말에 힘을 얻은 애덤은 제 살 길을 찾는다. 테사가 심한 좌절감을 느끼는 순간이 다가온 것이다. 영화에서 가장 가슴 아픈 장면이었다. 아무도 나와 함께하지 않는다는 느낌, 역시 나에겐 피를 나누어준 부모만 한 동반자는 없는 것일까?

〈나우 이즈 굿〉에는 불행한 삶을 산 소녀의 이야기로만 보기에 너무나 많은 메시지가 담겨 있다. 영화는 삶에 대한 완벽한 긍정도, 죽음에 대한 완전한 부정도 거부한다. 테사는 기억되고 싶기도 하지만 잊히고 싶기도 하다. 왜 나는 이런 모진 운명을 겪는 것일까? 애덤의 태도에 느낀 배신감은 결국 나 자신을 부정하는 것은 아닐까? 그런데 왜 하필이면 이렇게 중요한 때 터진 코피가 멈추지 않는 걸까? 테사는 죽는 순간까지도 쉬지 않고 흔들리는 갈등을 보여준다. 〈나우 이즈 굿〉이 죽음을 다룬 여느 영화와 다른 점이었다. 숨을 거두고 심장이 멈추고 뇌파가 정지하는 마지막 순간까지 죽음은 나의 존재를 갈기갈기 찢어놓고 말리라!

죽음 전의 한 시간

어렸을 때는 어서 어른이 되고 싶기도 했고, 좀 늦추고 싶은 적도 있었다. 어른이 되면 이 지겨운 공부를 안 해도 된다는 희망과 함께 한편으로 어리다고 봐주지 않으리라는 두려움도 있었다. 아무튼 나의 희망이나 두려움 따윈 아랑곳 않은 채 세월은 흘렀고 나이에 관한 한 이젠 될 대로 되라는 심정이다. 참으로 인생이라는 게 부질없지 싶다. 앞의 영화들에서 이런저런 도전을 하면서 한창 인생을 즐겨야 할 나이에 서둘러 심각하게 삶의 의미를 고민해야 하는 가여운 소녀들을 보았다. 영화를 통해 그녀들의 슬픔을 온몸으로 넘겨받았다.

유학 시절 독일에 찾아와 자기 돈까지 들여서 같이 여행해주었던 친구가 몇 년 전에 급작스럽게 심장마비로 죽었다. 친구 자신이 의사였기에 너무도 어이없는 일이었다. 그런데 연락이 여의치 않아 앰뷸런스가 심장마비가 온 지 한 시간 후에나 도착했단다. 그 한 시간 동안 친구는 과연 무슨 생각을 했을까? 그 친구와 함께 암스테르담에 갔었고 당시의 사진이 지금도 사진첩에 생생한 기억과 함께 꽂혀 있다. 사진을 보며 물어본다. 한 시간 내내 끔찍한 공포가 찾아왔겠구나. 얼마나 힘들었니? 그동안 무슨 생각을 했니? 어쩌면 이것이 〈나우 이즈 굿〉에서 다루는 주제일 것이다.

〈안녕 헤이즐〉은 영화의 후반부로 갈수록 아름다운 수사修辭들이 쉬지 않고 나온다. 그 많은 심금 울리는 표현들을 듣고 있으니 감회가 새로워졌다. 어느 사이엔가 나도 책을 여러 권 내고 글도 많이 쓰면서 이렇게 저렇게 표현력이 늘었고, 이제는 어느 말을 어떤 상황에서 해야 적절한지 조금은 깨달았다. 아쉬운 점은 먼저 간 나의 친구들과 그보다 훨씬 먼저 가신 어머니에게 그런 표현들을 사용하지 못했다는 사실이다.

어머니가 편찮으시다는 소식을 듣고 급히 귀국한 기억이 난다. 당시 내 나이가 서른다섯 정도였다. 어머니는 몰라보게 수척해진 채 병원 침대에 누워 있었다. 그리고 병원 공기가 차가웠는지 두어 해 전 생신 선물로 보내드린 스카프를 목에 두르고 계셨다. 막내아들이 온다는 소식에 귀국 전날 온 힘을 쏟아 목욕을 했다는 어머니. 누님에따르면, 어머니는 그 스카프만 두르면 따뜻하다고 말씀했다는데.

"저는 같은 어머니가 두 분이면 좋겠습니다. 어머니에게 어머니에대해 말해줄 수 있게 말입니다. 그런데 따져보니 '제가 어머니를 사랑한다'는 말은 실제 제 맘을 표현하기에 적절하지 않더군요. 그래서하늘나라에 가면 그 나라 사전에서 적당한 낱말을 찾아볼 작정입니다. 아마 하늘에서 어머니를 만날 때면 저의 표현력이 그런대로 나아져 있을 겁니다. 어머니에게 내 맘을 곧이곧대로 전할 수 있게 될 테니까요.

안녕히 계세요, 어머니.

다시 만날 그날까지."

🎞 다른 사람의
　　도움은
　　필요 없어요

〈조이〉 & 〈룸〉

―――――――――

"나는 궁전처럼 멋지고 아름다운 너를 보았다." 러시아의 소설가
유리 나기빈의 단편소설 〈겨울 떡갈나무〉에 나오는 구절이다. 숲속
깊은 저곳에 우람하고 멋진 떡갈나무가 있다. 한 겨울이 닥쳐 온 숲
이 눈 속에 묻히면 나무는 더욱 아름다운 광채를 뿜어낸다. 문제는
누구도 그 사실을 모른다는 것. 사부시킨이라는 소년은 언제나 학교
에 늦게 온다. 지름길로 온다고 하면서도 지각하는 것이다. 교육대학
을 갓 졸업한 선생님 안나는 소년의 하굣길에 동행한다. 그리고 숲으
로 난 길을 걷다가 숲의 정중앙에서 눈 덮인 거대한 떡갈나무를 발견
하고 소년이 늘 지각하는 이유를 알아낸다.

"나는 궁전처럼 멋지고 아름다운 너를 보았다." 인상에 남아 노트

191

한 구석에 적어두었던 이 구절을 영화 〈조이〉Joy. 데이비드 O. 러셀 감독, 미국,

2015년, 124분를 보면서 다시 꺼내들었다.

조이

조이제니퍼 로렌스의 인생은 바닥에 처박힌 지 오래다. 집안의 생계를
책임진 그녀에게는 하루 종일 TV 드라마만 보는 어머니 테리버지니아
매드슨와 이복언니 패기엘리자베스 롬와 두 자녀가 있고, 2년 전에 이혼한
남편 토니에드가 라미레즈는 여전히 지하실 방에서 조이에게 빌붙어 살
고 있으며, 어머니와 이혼한 후 집을 나간 아버지 루디로버트 드 니로마
저 최근 애인에게 쫓겨나 딸의 집으로 돌아온다. 게다가 조이는 직장
에서도 능력을 인정받지 못해 야간 근무로 옮기게 된다. 유일하게 조
이를 이해하는 할머니 미미다이언 래드가 그나마 힘이 되어준다.

바닥까지 떨어져보아야 정신을 차린다고 했던가. 최악의 상황에
몰린 조이는 자신이 원래 어떤 사람이었는지 찬찬히 생각해보고, 드
디어 가족 모두의 운명을 바꿀 일생일대의 도전을 시작한다. 당연히
주변의 모두가 조이의 도전에 반대한다. 비록 조이의 등골을 빼먹기
는 하지만 나름대로 현상유지를 하면서 편한 삶을 살 수 있기 때문이
다. "나는 그저 TV 드라마나 보고 방바닥에서 물만 새지 않으면 충분
해!" 엄마 테리의 목소리가 쉬지 않고 조이의 귓가를 맴도는 듯하다.

〈조이〉는 TV 홈쇼핑의 신기원을 열어 미국 최고의 CEO로 탈바꿈
한 조이 망가노의 실화를 바탕으로 만들어진 영화다. 발명가이기도

한 그녀는 이제까지 100개 이상의 특허를 냈으며, 이 영화는 그녀의 첫 발명품인 '미러클 몹miracle mob'이 성공하기까지의 이야기를 다루고 있다. 그녀의 성공에 든든한 후원자로 TV 홈쇼핑 제작자 닐브래들리 쿠퍼과 자본을 댄 트루디이사벨라 로셀리니 그리고 절친 재키댸샤 폴란코가 등장하며, 이들은 끝까지 조이와 함께한다.

잘 만들어진 영화다. 큰 줄거리 사이사이에 수시로 새로운 갈등을 배치했다가 해소하고, 매듭 짓기와 풀기를 통해 조이가 성장하는 모습을 입체적으로 보여주는 과정이 훌륭했다. 인물영화로서는 최고의 경지에 다다른 듯했다. 마지막 장면에서 조이는 건물에서 떨어지는 스티로폼 조각들을 눈처럼 맞으며 장난감 가게를 들여다본다. 거기에는 눈 덮인 아름다운 마을이 있고 그 사이로 모형 열차가 부지런히 달리고 있다. 이어서 장면은 실제가 되어 조이가 눈 덮인 대저택의 큰 사무실에 앉아 발명가들을 만난다. 하나같이 어려운 여건을 뚫고 새로운 상품을 개발한 사람들이다. 조이는 따뜻한 시선으로 그들을 바라본다. 그녀도 같은 과정을 겪었기 때문이다. 위인이란 따뜻한 시선으로 사람을 대하는 법을 익힌 존재들이다. 성공한 이의 삶은 성공 이후가 더 중요한 법이다.

이제 또 하나의 조이 이야기를 들여다보자.

룸

유럽에서 어린 시절 납치돼 수년 동안 감금된 여성이 극적으로 탈

"우리, 방으로 언제 돌아가?"

출한 사건이 있었다. 인면수심의 범죄자는 마땅한 처벌을 받았고 여성은 TV 인터뷰에 나와 자신의 경험을 솔직하게 털어놓아 많은 시청자들을 울렸다. 납치범은 어쩌면 '인간 사육'을 소재로 한 엽기 영화의 영향을 받았을지 모른다. 그렇다면 마음의 평정을 되찾은 듯 보였던 여성은 지금 잘 지내고 있을까?

엄마 조이브리 라슨와 5살 아들 잭제이쿱 트렘블레이은 불과 세 평도 되지 않는 작은 방에서 살고 있다. 조이는 17살에 괴한에게 납치되어 무려 7년이나 갇혀 지내면서 성폭행을 당했고 아들까지 하나 낳아 키우고 있는 중이다. 철저하게 외부와 단절된 상황에서 태어난 잭에겐 작은 방에 딸린 물건들과 수신 상태가 양호하지 않은 TV가 세상의 전부이고, 천장에 달린 손바닥만 한 창이 외부를 바라보는 유일한 통로다. 조이는 아들에게 TV에 나오는 모든 게 '가짜'라고 알려주는데, 작은 방에 갇혀 지내느라 접할 수 없던 '진짜' 세계를 두고 그녀가 선택할 수밖에 없던 유일한 말이다. '가짜'와 '진짜'의 개념은 영화에서 매우 주요한 포인트가 된다. 그러던 어느 날, 조이의 기지로 두 사람은 갑자기 외부세상으로 나온다. 이제 그들은 어떻게 살아야 하나? 〈룸〉 Room, 레니 에이브러햄슨 감독, 아일랜드, 2015년, 110분이라는 독특한 제목의 영화는 구조된 뒤 그들이 인생을 이어나가는 방식에 초점을 맞춘다.

영화에서 우선 주목하는 인물은 잭이다. 한꺼번에 만난 많은 사람들, 그들은 저마다 동시에 말하고 그 내용은 대부분 이해할 수 없는 것들투성이이다. 갑자기 넘치도록 많아진 장난감들과 많은 방과 큰 마당으로 구성된 할머니 집, 게다가 무언가 많이 달라진 엄마는 잭을 더욱 혼란에 빠트린다. 잭은 엄마에게 물어본다.

"우리, 방Room으로 언제 돌아가?"

다음 초점은 당연히 조이이다. 고등학교 시절 밝고 구김 없이 살던 그녀에게 다가온 처참한 운명은 인생에서 7년이라는 세월을 송두리째 가져가고 말았다. 자연스럽게 성숙하는 과정을 거치치 못한 채 곧바로 어른이 되어버린 것이다. 다시 돌아온 세상에서는 그녀를 17세 소녀가 아닌 24세 성인여성으로 대하는 게 당연했고 말이다. "엄마는 언제나 착하고 친절한 사람이 되어야 한다고 가르쳤잖아요. 그래서 그놈의 부탁을 들어주었는데 지금 내 꼴을 보세요."

돌아온 딸에게 모진 말을 들어야 하는 엄마 낸시조앤 알렌는 항변한다. "너뿐 아니라 남은 우리의 인생도 박살이 난 걸 아니?" 하지만 낸시는 원수의 피가 섞인 잭을 밀어낸 아버지 로버트윌리엄 H. 머시와 달리 최선을 다해 딸과 손자의 상처를 보듬는다. 그리고 잭의 머리를 감겨주면서 원했던 한마디를 마침내 듣는다. "할머니 사랑해요."

누군가 저지른 범죄는 결코 범죄 그 자체에 머물지 않고 꼬리에 꼬리를 물고 엄청난 비극으로 이어지곤 한다. 그때쯤 이르면 범죄와 범인은 어디론가 사라지고 남은 자들의 혼란만 극에 달한다. 마치 불교에서 세상을 바라보는 눈처럼 인연생기因緣生起의 법칙이 조이의 가족에게도, 무척이나 잔인하게 적용된 셈이다. 영화를 보면서 감탄했다. 세상과 인간에 대한 감독의 이해가 아주 섬세해서였다.

상처가 내 삶을 파괴할 때

영화 〈조이〉에서 조이가 절망할 때마다 할머니 미미는 그녀가 원래 어떤 사람이었는지 일깨워준다. 그러나 실패를 거듭하면서 조이는 할머니의 격려 속에 비친 자신의 모습이 허상일지 모른다는 의심마저 품는다. 만일 어린 시절의 꿈을 포기하고 평범한 삶을 살아야 했다면 더욱 절망하고 말았을 것이다. 그녀의 가치를 발견해준 할머니의 격려와 희망이 영화에서 유난히 돋보이는 까닭이다. 제니퍼 로렌스는 다양한 감정의 기복을 섬세하게 표현했고 제88회 아카데미 여우주연상 후보에 올랐다. 이번에는 브리 라슨에게 양보했지만 언젠가 다시 상을 거머쥘 것이다.

온갖 시련을 겪어내고 자수성가한 인물이 이 세상에 어디 조이 망가노 한 사람뿐이겠는가. 그런데도 〈조이〉라는 영화를 보면 남들은 도저히 흉내 낼 수 없는 개성을 조이가 갖고 있다는 생각이 든다. 특히 300년이 채 못 되는 짧은 역사 속에서 멋진 위인을 만들어내야 한다는 강박을 가진 미국인에겐 조이 같은 인물이 절실하게 필요한 법이다. 그런 면에서 조이는 불굴의 의지를 가진 '투사형 위인'이다.

〈룸〉은 아마존에서 36주간 베스트셀러 행진을 이어간 엠마 도노휴의 동명소설을 영화로 만든 작품이며, 세계영화제에서 크게 주목받아 제88회 아카데미 시상식에서 작품상, 여우주연상, 감독상, 각색상 주요 4개 부문에 노미네이트되었다. 그중 여우주연상이 브리 라슨에게 돌아갔다. 비교적 낯선 배우였지만 드라마와 연극무대에서는 이미 실력을 입증받았다고 한다. 훌륭한 연기도 연기이지만 좋은 작품을 만난 덕도 컸을 것이다.

우여곡절 끝에 조이와 잭은 자신들이 머물렀던 '방Room'에 돌아온다. 잭은 물건 하나하나를 만지면서 인사한다. "안녕 의자1아, 안녕 의자2야, 안녕 침대야, 안녕 세면대야…… 안녕 방아." 마침내 저 깊은 곳, 피하고만 싶던 진실에 마주하면서 잭은 비로소 올바른 성장의 길로 접어든다. 조이와 잭과 남은 가족이 겪은 일은 끔찍하기 짝이 없다. 그러나 더욱 중요한 일은 그들 모두가 상처를 극복하고 새로운 삶을 시작하는 것이다.

상처가 외부에서 주어질지라도 극복은 늘 우리 자신의 몫이다. 조이 망가노와 조이 뉴섬의 이야기는 바로 이 지점에서 일치한다.

———○ #나답게사는법 #참혹한성장

버드맨은
살았을까,
죽었을까?

〈버드맨〉

영화를 보든 연극을 보든 TV 드라마를 보든 우리 눈에 가장 먼저 다가오는 것은 '배우'이다. 그들의 얼굴과 몸, 표정과 몸짓, 대사와 감정표현 등등이 작품의 수준을 좌우할 수 있다는 뜻이다.

예를 들어, 영화 〈밀양〉2006에서 주인공 이신애전도연가 아들이 유괴되었다는 전화를 받는 장면이 있다. 신애는 마침 동네 어머니들과 노래방에서 놀다가 오던 길이라 기분이 약간 들떠 있던 참이다. 그런데 집에 들어와 유괴범의 전화를 받고 한순간에 무너진다. 불과 일 분도 안 되는 동안 일어나는, 급작스럽고 극적인 감정변화를 보여준 것이다. 사실, 전도연이 연기한 주인공 이신애는 영화 전반에 걸쳐 복잡다단하고도 어려운 감정선을 가진, 배우에게는 어려운 과제와도 같은 캐릭터이다. 먼저, 밀양에 들어온 외지인으로서 서울 냄새를 살짝 풍기는 세련된 여성이 있었고, 갑작스런 아들의 유괴와 죽음 앞에서 설움을 쏟는 젊은 어머니가 있었으며, 열성적으로 교회에 다니면서 변화된 모습을 보여주는 골수 기독교인과 유괴범을 만난 후 찾아온 갈등을 무모하게 드러내는 반쯤 정신 나간 여인, 그리고 모든 현실을 순순히 받아들이고 차분하게 다시 인생을 시작하는 인간 이신애까지. 이토록 주인공의 연기가 뛰어나면 관객은 자연스레 영화에 빨려든다. 이처럼 주인공은 영화의 수준을 좌우한다. 거기에 더하여 영화가 묵직한 사회문제를 다루는 데다 카메라 움직임도 뛰어나고 각본의 짜임새와 감독의 연출까지 뛰어나다면 어떨까? 그런 면에서 지금부터 소개하는 영화 〈버드맨〉_{알레한드로 곤잘레스 이냐리투 감독, 미국, 2014년, 119분}은 타의 추종을 불허하는 최고의 작품이다.

버드맨

주인공 리건_{마이클 키튼}은 할리우드에서 〈버드맨〉이라는 영화의 주인공을 맡아 한때 잘나가던 배우다. 〈버드맨〉은 슈퍼맨, 스파이더맨, 배트맨, 아이언맨 같은 초능력 영웅이 활약하는 모험영화의 하나였다. 주인공이 옷만 바꿔 입으면 자유자재로 물건을 이동시킬 수 있고 공중을 날아 악의 세력을 척결할 수 있는 통쾌한 활극이다. 그렇게 영화판에서 큰 성공을 거둔 리건은 나이가 들어 버드맨 역할을 할 수 없게 되었고 할리우드에서도 어느덧 추억의 배우로 분류되는 상황이었다. 심기일전, 새로운 전기를 마련하기 위해 리건은 전 재산과 경력을 털어 브로드웨이의 연극무대에 도전한다. 물론 자신이 주연과 연출까지 도맡는다. 유명한 작가 레이먼드 카버의 단편 〈사랑을 말할 때 우리가 이야기하는 것〉이 리건이 택한 작품이다. 연극 개막을 코앞에 둔 상황에서 리건은 혼란에 빠진다. 공연을 앞둔 긴장감도 긴장감이었지만 그의 주변 인물들이 문제였다. 리건의 잔심부름이나 하고 마약에 절어 세상과 아버지에 대한 부정적인 생각만 가득한 딸 샘엠마 톰슨, 훌륭한 연기력을 가졌지만 어디로 튈지 모르는 예측불허의 성격 때문에 언제나 최악의 상황을 만드는 마이크에드워드 노튼, 갑자기 리건의 아이를 가졌다면서 그의 정신을 뒤흔들어 놓는 배우 로라안드레아 라이즈보로, 경력을 쌓으려 최선을 다하는 신인 배우 레슬리나오미 왔츠, 연극 성공을 위해 불철주야 머리를 짜내는 홍보담당 제이크자흐 갈리피아나키스, 이혼했지만 여전히 리건 주위를 돌며 아내 노릇을 하는 실비아에이미 라이언, 그리고 글 한 꼭지로 연극을 살리고 죽일 수 있는 〈타임〉 평론가 타비타린제이 던칸. 이 같은 주변 인물들이 실은 리건 자신의 문제를 상징적으로 표현했음을 관객은 어렵지 않게 짐작할 수 있다. 문제들이 구체적인 사건보다 주변 인물을 통해 우회적으로 표현된 것이다. 그러니 자아 분열이 올 수밖에! 강박관념, 의식과 무의식, 자기혐오와 자기과시, 과거와 현실을 구별 못하는 착시…… 거기에 '버드맨'의 환청과 환영은 리건을 파멸의 길로 몰아간다. 주연배우 마이클 키튼에게 주어진 연기 부담의 정도를 이렇게 가늠해볼 수 있다.

이냐리투 감독

〈버드맨〉이 아카데미에서 받은 작품상과 감독상은 감독의 연출력에 주어진 최고의 평가다. 이냐리투 감독은 정말 영화를 잘 만들었다. 아마 이 글을 읽는 독자 분들도 이 영화를 보면 쑥 하고 빨려 들어가는 느낌을 받을 것이다.

우선 카메라의 움직임이 탁월하다. 마치 하나의 카메라로 2시간 내내 주인공을 쫓아다니며 찍은 듯한 인상을 준다. 흔히 '롱테이크'라 불리는 기법을 변칙적으로 사용한 것이다. 본디 롱테이크란 카메라를 오랫동안 고정시켜놓고 배우들이 앵글 안에서 연기하도록 만드는 것이 원칙인데, 그에 대한 역발상으로 배우들의 움직임을 한 장면 안에 넣도록 카메라가 쉴 틈 없이 움직인다. 그 결과 고도의 긴장감이 유지된다.

다음으로 화려한 대사들을 꼽을 수 있다. 어쩌면 이렇게 기막힌 언어들을 구사할 수 있는지. 곳곳에서 수많은 영화 속 인물들이 부딪힐 때마다 고급스러운 언어와 저질 언어를 섞어 가며 자신의 생각을 내놓는 것이다. 의표를 찌르는, 한치 앞도 예상할 수 없는 대사들이 이 영화의 수준을 한껏 높인다.

샘과 마이크가 야외 발코니에서 만나는 장면이 있다. 자칫 아래로 떨어질 수 있는 위험한 장소에 샘이 앉아 있다.

"난 무대에선 두렵지 않고, 무엇이든 할 수 있어"마이크

"만일 (무대 밖에서도) 두렵지 않다면 저와 무엇을 하고 싶은가요?"샘

"우선 네 머리에서 눈을 꺼낸 후에……."마이크

"아이 좋아라!"샘

"내 머리에 집어넣은 다음 주위를 둘러보겠어. 내가 네 나이 때 그랬던 것처럼"마이크

세상을 포기한 듯 살아가는 젊은이에게 마이크는 필요한 충고를 던진 것이다. 샘의 젊음이 얼마나 소중한지, 자신도 그 시절로 얼마나 돌아가고 싶은지, 그러니 젊음을 아끼고 가치 있는 일을 해보라고. 비록 대사는 섬뜩하지만 그 속에 담겨 있는 압축된 지혜는 두고 두고 되새길 만한 것이었다.

영화의 배경은 무대 위와 무대 뒤, 극장 밖을 넘나든다. 덕분에 브로드웨이 연극, 나아가 모든 연극의 적나라한 모습을 입체적으로 관찰할 수 있었다. 리건은 다음 장면까지 잠시 쉬는 동안 무대에서 내려와, 분주한 무대 뒤를 지나더니 극장 밖으로 나와 담배를 한 개비 문다. 그때 우연히 외부로 통하는 문이 닫혀버리고 속옷 차림의 리건은 어쩔 수 없이 거리를 한 바퀴 돌아 극장 정문으로 들어간다. 브로드웨이 거리의 군중은 갑자기 나타난 왕년의 '버드맨'에게 카메라를 들이대고 리건은 객석을 통과해 겨우 무대로 올라간다. 마치 살얼음판을 걷는 듯 아슬아슬하던 자신의 인생이 현실에서 재현되는 순간이었다.

감독이 영화에서 제시하는 다양한 문제의식도 볼만한 것이었다. 오직 볼거리와 상업성에 치중하는 할리우드 영화판에선 오래전에

BROADWAY
TIMES SQUARE
WHAT
WE TALK
ABOUT LOVE
RIGGAN
THOMSON
"BIRDMAN"

진실이 실종되었고 고급스러운 대중문화도 말살됐다. 연극계 역시 이런 식의 부정적인 경향이 있어 흥행을 위해서라면 수단방법 가리지 않는다. 게다가 평론가에게 잘 보이기 위해 자존심의 사나이 리건이 아부하는 꼴이란! 지식을 과시하며 대가인 척하는 속물들이 더러 있는데, 영화 초반부에 리건과 언론사가 대화를 나누던 중 그런 속물 평론가가 등장하기도 한다. 또한 '바이럴' 소통인 SNS의 긍정적인 면과 부정적인 면을 동시에 보여주기도 한다. 여기에 수치심을 모르는 언론의 속성까지 더해지면서 오늘날 대중예술의 현주소가 전방위적으로 드러난다.

남우주연상

요즘 젊은 관객에게는 생소한 이야기이겠지만 과거 우리나라에는 영화배우를 전업으로 하는 사람이 거의 없었다. 그래서 연극배우들 중 상당수가 영화에 진출했는데, 김승호, 황정순, 주선태, 최남현, 백성희, 김동원, 장민호 등을 대표적인 배우로 꼽을 수 있다. 이들은 일제강점기에 극단 '신협'을 만들어 연극을 시작했고 해방 후 1960년대 한국영화 붐이 일어나면서 대거 영화계로 유입되었다. 전문 연기자 숫자가 부족했기에 벌어진 현상이다. 그 이면에는 생계를 이어나가는 문제가 있었는데, 그만큼 공연예술 분야가 먹고살기 힘든 시절이었다.

이처럼 영화로 자신의 활동영역을 옮긴 연극배우들에게는 연극이 자신의 고향인 까닭에 그때로 돌아가고픈, 이른바 회귀본능이 작동한다. 하지만 이미 영화계의 속성에 젖어 새로운 계기와 용기가 필요했을 것이다. 리건은 영화 〈버드맨〉의 성공으로 벌어들인 돈을 탕진했고 영화계에서 그를 필요로 하지 않는다는 위기감 또한 통감했다. 그러나 연극이라고 어디 쉽겠는가? 앞서 주변 인물 하나하나가 그의 다양한 측면을 반영한다고 말한 이유다. 리건의 분열된 주체인 버드맨은 리건의 귀에 대고 언제나 속삭인다. 다시 나에게 돌아오라고, 비록 허구이지만 마음의 안식을 얻는 게 최선이라고. 리건은 버드맨의 유혹을 거부했지만 결국 회복될 수 없는 분열의 순간이 찾아온다.

리건 역을 맡은 마이클 키튼은 실제로 1989년에 만들어진 원조 〈배트맨〉 영화의 주인공이었다. 그의 인생 역정이 〈버드맨〉과 같은지는 알 수 없지만 할리우드를 대표하는 배우 중 하나로 자리 잡은 것은 분명하다. 마이클 키튼이 1951년생이니 이제 60대 중반이고, 그를 흥행배우로 만든 영화 〈비틀쥬스〉1988로부터 벌써 30년이 다 되어간다. 〈버드맨〉은 그가 아직 펄펄 살아 움직이는 현역임을 알려주는 영화다. 복합적인 상황에 맞는 다양한 감정을 표현하느라 몹시 애를 먹었겠지만 최고의 연기를 펼쳤고, 남우주연상을 받을 자격이 있다.

절대고독

〈마션〉

요즘 미국에서 유행하는 말이 있다. "미국은 맷 데이먼을 구하기 위해 많은 돈과 인력을 낭비하고 있다." 영화 〈마션〉리들리 스콧 감독, 미국, 2015년, 142분이 나온 후 생긴 유행어라는데, 제법 그럴듯한 것이 〈라이언 일병 구하기〉1988와 〈인터스텔라〉2014 등 맷 데이먼을 구하기 위한 프로젝트를 담은 영화들이 몇 편 있기 때문이다. 멀게는 '본 시리즈'까지 여기에 더할 수 있을지 모르겠다. 그는 세계 초일류 배우이지만 아직 아카데미 남우주연상을 수상하지 못했으니 이번에는 기대할 만하다 싶었다그러나 남우주연상은 〈레버넌트〉의 레오나르도 디카프리오에게 돌아갔다. 주인공 마크 와트니 역을 맡은 맷 데이먼이 각고의 노력을 한 흔적이 영화 곳곳에 역력했다. 특히, 영화 후반으로 가면서 얼마나 살을 많

208

이 뺐는지 미처 알아보기 힘들 정도였다.

마크 와트니는 화성을 식민지로 만든 최초의 인간이자 공공지역에 함부로 들어가 남의 물건을 사용한 해적이자 우주에 고립된 채 가장 오래 살아남은 우주인이다. 도대체 생존이라곤 불가능한 불모지 화성에서 그는 기어코 자신의 생명을 유지해냈다. 그의 소신에 따르면, 이제는 꼼짝없이 죽었다고 여겨지는 포기의 상황에서 해야 할 일이란, 살기 위해 무조건 무엇이든 하는 것이다. 그렇게 내디딘 첫 단계가 두 번째 단계로 발전하고, 또 무엇인가 기발한 아이디어가 떠올라 세 번째, 네 번째 단계로 이어지고, 죽을 각오로 용감하게 움직여 결국 살아남는다. 이제 인간승리의 주인공 마크 와트니를 만나보자.

소중한 인간애

미항공우주국NASA에서는 야심찬 계획을 수립했다. 무려 화성에 식민지를 설립하는 것. 이는 오랜 시간을 필요로 하는 장기 프로젝트다. 지구에서 화성까지 가는 데에만 4개월이 걸리니 쉽게 엄두를 못 낼 만도 했다. 대장 멜리사제시카 차스테인를 비롯하여 베스케이트 마라, 릭마이클 페나. 크리스, 알렉스, 그리고 마크까지 6명을 태운 우주선 아레스 3호가 화성으로 출발했고 임무를 수행하던 중 뜻하지 않은 사고로 마크만 남겨둔 채 지구로 돌아온다. 설렘과 기쁨으로 시작된 화성 여행이었으나 절망만 안고 귀환한 것. 그러나 죽은 줄 알았던 마크가 기적적으로 살아 있다는 것이 확인되면서 영화의 분위기가 완전히 바뀐다.

마크의 생존은 화성탐사 계획과 관련된 여러 사람들의 입장을 거북하게 만든다. 우선 NASA 국장 테디제프 다니엘스는 철저히 정치적인 맥락에서 이 일을 평가한다. 이미 마크가 화성에서 죽었으며 그의 위대한 모험가 정신을 기리기 위해 다 같이 애도하자는 성명까지 낸 마당에 그가 아직 살아 있다니! 테디는 상황을 정리하기 위해 하루 동안 마크의 생존 사실을 숨긴다. 특히, 언론매체의 속성에 익숙한 대변인 애니크리스틴 위그는 보다 차갑게 사태를 판단한다. 두 사람에게 마크의 생사 따위는 안중에 없다.

NASA 정책결정자들에 비해 임무수행의 책임자mission director이자 과학자인 뱅캇치웨텔 에지오포과 미치숀 빈는 무엇보다 마크의 생존을 귀하게 여긴다. 그들은 국장에 반대해 수단방법 가리지 말고 마크의 귀환작전을 세우자고 주장한다. 그런데 구조선을 보내는 일 자체가 쉽지 않다. 당장 우주로 보낼 수 있는 구조선을 수소문하고 항로를 계산하고 몇 번의 안전실험을 거치는 데 족히 한 달은 걸린다. 설혹 무사히 구조선을 보낸다 할지라도 무려 5개월 동안 마크가 살아 있을 수 있는가도 문제다. 화성에 남아 있는 비상식량은 아무리 아껴 먹은들 한 달이면 바닥날 판이다. 차라리 마크가 고이 세상을 떠나도록 그의 영혼을 위로해주는 게 낫지 않을까?

리들리 스콧 감독은 선택의 순간에서 뱅캇과 미치의 입장을 지지한다. 한 인간을 살리는 것은 지극히 성스러운 사명으로, 언제나 최선을 다해야 한다는 것이다. 비록 계산에 착오가 생겨 구조선이 대기

권에서 폭발하고 생존을 위한 마크의 필사적인 노력이 실패로 돌아가도 생명을 향한 사랑이 변해선 안 된다. 유대인의 탈무드에 다음과 같은 지혜가 등장한다. "만일 한 사람을 죽이면 전 인류를 죽이는 것이다. 그리고 만일 한 사람을 구하면 전 인류를 구하는 것이다. 왜냐하면 모든 인류는 한 사람, 곧 아담에게서 시작되었기 때문이다." 마크 한 사람을 구하기 위해 전 인류가 노력을 기울인다는 설정은 분명 평범하지 않다. 그러나 감독은 할리우드가 오래전부터 좋아해온 인본주의적 결말을 고집한다. 영화의 철학적인 배경이라 할 수 있다.

절대고독 속의 인간

인간은 고독에 익숙하지 않다. 그래서 고독을 견디다 못해 자살하고, 도박이나 게임에 빠지기도 한다. 하지만 이런 것은 평범한 사람들의 이야기이고, 강한 체력과 정신력과 의무감과 고도의 전문지식을 가진 우주인에게는 통하지 않는 모양이다. 그들은 아예 처음부터 갖가지 난관을 이겨내도록 훈련받은 상태에서 치열한 경쟁을 거쳐 실제 우주선을 타게 된다. 우주인은 글자 그대로 현대 세계의 이상인간理想人間인 셈이다. 마크 역시 결코 절망을 모르는 특별한 인간이며 어떤 상황에서도 우스개를 만들어내는 유머감각의 소유자이다. 영화는 행복한 결말로 향했지만, 설혹 그가 구조되지 못한 채 우주에서 명을 다한다 할지라도 결코 약한 모습을 보이지 않았을 것이다.

여기서 한 가지 생각해볼 거리가 있다. 과연 모든 사람이 다 마크

같을까? 이 같은 절대고독의 상황에서 온 힘을 다해 살 길을 찾고 어떤 절망도 헤쳐나가느니, 차라리 포기하는 게 낫지 않을까? 무척 재미있고 희망을 안겨주는 영화이지만 관객이 거리감을 느끼고 마는 이유이다. 우주인을 통해 인간 내면을 들여다보려는 감독의 시도는 이 대목에서 고전하는 듯했다. 영화를 보고 나면 메인카피인 '휴먼드라마'가 아닌 '모험영화'를 한 편 본 느낌이 들 것이다.

영화에서 마크의 생존 소식을 가장 늦게 안 사람들은 아레스 3호의 승무원들이다. 그들은 마크를 포기한 자괴감에서 아직 헤어나지 못한 상태여서 자칫 충격을 받을까 염려한 NASA가 알리지 않은 것이다. 특히, '마크를 포기하라'는 마지막 결정을 내린 대장 멜리사의 고통은 누구보다 심각했다. 그러면서도 마음의 평정을 유지하려는 그녀의 모습이 퍽 인상적이었다.

절대고독 속에서 희망을 찾는 마크와 냉정한 결정을 내리면서도 인간적인 모습을 보여준 탐험대 대장 멜리사의 대비는 묘한 긴장감을 더해주었다. 리들리 스콧이 오늘날 세계 영화계의 최고 감독 중 하나라는 사실을 새삼 확인하는 순간이었다. 감독은 과감한 생략과 짜임새 있는 구성으로 수준 높은 SF 영화 한 편을 만들어냈다.

여기에 이 영화의 특징 한 가지를 보태자면, 비중은 약하지만 종교를 바라보는 시각이다. 마크는 불쏘시개가 필요해 나무로 만든 십자가를 사용한다. 본디 가톨릭 그리스도인들은 사제에게 축성받는 십자가를 성물로 받아들여 소중하게 다루는데 감히 불쏘시개로 사용한 것이다. 또한 기도가 필요한 상황에서 그리스도교의 신을 믿는가라는

라는 질문에 뱅갓은 힌두교의 신도 믿고 그리스도교의 신도 믿는다고 하여 자신이 종교에서 자유로운 사람이라는 사실을 표명한다. 화성 근처 어디를 둘러보아도 신은 없다는 결론을 내린 셈이다. 감독이 우주라는 공간을 철저하게 중립적으로 보고 있다는 증거다.

30년 전만 해도 특수효과를 사용하는 영화들은 만화적 상상력에서 크게 벗어나지 못했다. 그러나 기술이 발달하고 인간의 관심사가 다양해지면서 상황이 달라졌다. 과학적인 상상력에 의존하는, SF의 범위가 전문화되고 세분화되기 시작한 것이다. 이를테면, 인공지능이 세상을 지배할 인류의 암울한 미래를 다루는 '미래영화'〈매트릭스〉(1999), 외계 생물체와의 접촉을 그린 '외계인영화'〈E.T.〉(1981), 그리고 우주를 배경으로 인간의 상상력과 과학기술을 최대한 접목한 '모험영화'〈스타워즈 시리즈〉(1977-2015) 등으로 나눌 수 있다. 〈마션〉은 비록 경계에 걸쳐 있지만 모험영화로 볼 수 있을 것이다.

〈마션〉은 잘 만들어진 영화다. SF 분야에서 오랫동안 명성을 쌓아온 리들리 스콧 감독의 역작이다. 같은 장르의 다른 영화들에서 발견하지 못한 상당한 재미를 선사할 것이다.

#사회속의나 #인본주의 #한사람을구하는것이인류를구하는것이다

나를
잃어버린
내 인생

〈스틸 앨리스〉 & 〈어웨이 프롬 허〉

인생칠십고래희人生七十古來稀.

요즘 젊은이들에게는 낯선 말일 것이다. '예로부터 70년을 산다는 것은 아주 희귀한 경우'라는 뜻이고, 이를 기억하는 독자라면 분명 40대는 훌쩍 넘은 사람이리라. 아무튼 이런 말이 전혀 먹히지 않는 세상이 되었다. 인간의 수명이 그만큼 늘어난 것이다.

얼마 전, 〈타임〉 표지에 화사한 젊은이의 얼굴이 실리고 이런 설명이 붙었다. '이 청년은 120살까지 너끈히 살 것이다.' 120살이면 도대체 얼마나 되는 세월인지 선뜻 감이 오지 않는다. 문제는 발달한 의학 덕택에 수명은 늘어났지만 왠지 인간의 몸은 갑자기 늘어난 수명에 아직 제대로 적응하지 못한다는 데 있다. 그래서인지 주변을 보면

암, 고혈압, 당뇨병 등의 질병을 앓는 분이 많아진 느낌이다. 갖가지 병들 중에서 이제 소개하려는 두 영화의 소재인 '치매'는 노인성 질환 가운데에서도 가장 지독한 편에 속한다.

스틸 앨리스

컴퓨터 바탕화면에 'butterfly'라는 이름의 파일이 오른쪽 위편 구석에 떠 있다. 이건 뭐지 하고 파일을 열어보니 앨리스가 녹화해둔 장면이 나온다. "앨리스, 이게 중요해. 너는 혼자 있어야 하고 2층 침실에 가서 서랍을 열은 다음 그 뒤쪽에 있는 약병을 열어. 그리고 거기에 든 약들을 한꺼번에 입에 털어놓고 물을 마셔. 그리고 침대에 누워 자는 거야." 이어서 앨리스는 자신이 몇 달 전에 스스로에게 지시해둔 바를 따라 움직인다. 무감정하게.

〈스틸 앨리스〉리처드 글랫저/워시 웨스트모어랜드 감독, 미국, 2014년, 101분는 치매 환자의 이야기를 다룬 영화다. 언제부터인가 이 같은 소재를 다룬 영화들이 많이 만들어지고 있기에 새삼스럽지는 않았으나 매우 볼만한 작품이었다. 우선 주인공 앨리스 역의 줄리안 무어가 보여준 연기가 훌륭했고, 발병에서 넋 나간 앨리스Still Alice까지 설득력 있는 상황 전개가 눈에 띄었고, 특히 아름다웠던 과거의 기억과 비참한 현재의 대비가 인상 깊었다. 과연 영화를 어떻게 만드는지 아는 감독이었다.

앨리스가 자신의 처지를 거부하는 몇몇 장면들이 나온다. 치약을 손에 발라 거울에 비친 얼굴에 덕지덕지 바르는 장면, 컬럼비아 대학교 언어학 교수 출신답게 치매 환자들 앞에서 하는 멋진 연설, 세 자녀 중 유일하게 기대를 만족시키지 못한 막내 딸 리디아크리스틴 스튜어트를 끝까지 설득하려는 시도, 그리고 자신의 자살을 종용하는 녹화 등이 그렇다. 치매가 어떤 병인지 잘 보여주는 장면들이다. 비록 앨리스는 점점 조용해지고 있지만 그녀가 겪는 고통이 상상을 초월할 정도로 심각하다는 사실을 영화가 끈질기게 붙들고 있는 것이다.

병이 깊어졌을 무렵, 앨리스는 소파에 앉아 꾸벅꾸벅 졸고 있고 건너편 식탁 테이블에는 남편 존알렉 볼드윈과 아들 톰 그리고 딸 안나가 앉아 있다. 존은 교수 시절의 아내를 기억하고, 톰은 연설 때 본 엄마의 당당했던 모습을 기억하고, 안나는 엄마에게 무심한 리디아를 탓한다. 소파에 앉아 있는 앨리스가 마치 앨리스가 아닌 듯 대화를 나누고 있는 것이다.

기억이 사라지면 사람도 사라지는 걸까? 머릿속에서 과거가 모두 사라져 가족을 알아보지 못할 뿐 아니라 심지어 자신이 누구인지도 모를 때조차도 그 사람을 엄마나 아내로 받아들일 수 있을까? 껍데기뿐인 사람도 사람일까?

영화 마지막에 리디아가 앨리스에게 책을 읽어준다. 앨리스는 물론 무슨 내용인지 전혀 알아듣지 못하고 막연한 미소를 띤 채 딸을 바라만 본다. 빼어난 언어학 교수로서 총명하던 눈망울은 어디론가 사라졌고 그저 멍한 눈동자만 딸의 시선에 화답한다. 리디아는 어떻게 해서든지 엄마에게서 한마디라도 끌어내려고 다그친다. 그러자 마침내 앨리스가 내뱉은 한마디, LOVE!

치매에 걸려 아무리 껍데기만 남은 듯해도 그 사람의 몸과 마음에 각인된 '사랑'은 결코 사라지지 않는다고 감독은 강변한다. 그래서 영화 내내 앨리스가 가족과 함께 해변에서 즐겁게 놀았던 여름휴가 기록필름을 반복적으로 보여주었나 보다. 가족과 나누었던 수많은 사연이 잊힌 기억이 아니라 '사실'로 남아 있는 한, 앨리스는 여전히 탁월한 교수이자 자상한 어머니이며 충실한 아내다. 치매를 앓는다고 그녀의 존재까지 사라지지는 않는다. 그런 의미에서 치매는 하나의 병일 뿐 결코 인간까지 파괴시키지는 못한다.

This is not we are. This is our disease. 이는 우리가 아닙니다. 단지 우리의 병일뿐입니다.

치매 환자들 앞에서 한 앨리스의 연설 중 한 대목이다. Still Alice. 앨리스는 여전히 앨리스이다.

어웨이 프롬 허

〈나 없는 내 인생〉2003이라는 멋진 영화를 만든 사라 폴리 감독이 2006년에 〈어웨이 프롬 허〉캐나다, 110분로 다시 나타났다. 감독의 남다른 감수성이 살아 있는 영화다. 우선 주인공이 알츠하이머에 걸렸음을 알게 하는 증상들 한 가지 한 가지가 관객에게 충분한 공감을 선사한다. 피오나줄리 크리스티는 아무렇지도 않게 프라이팬을 냉장고에 집어넣고, 온 신경을 집중해도 '와인'이라는 낱말을 기억하지 못하며, 집으로 돌아오는 길을 잊어 거리를 헤매며, 병원에서 만난 다른 환자와 연인 관계에 이르고, 심지어는 호의를 보이는 남편 그랜트고든 핀센트를 주책없이 치근덕거리는 치매 노인 취급한다. 그녀의 인생과 44년의 결혼생활을 송두리째 날려버린 알츠하이머의 힘은 실로 가공할 만한 것이었다.

누구나 자신의 말년이 평화롭기를 바란다. 세상살이에 지친 몸을 이끌고 죽음 앞에 선 순간까지 몹쓸 고통을 겪고 싶지는 않다. 그러나 결코 맘대로 되지 않는 게 인생이기에 이제 됐다고 한숨 돌릴 때쯤 꼭 일이 터진다. 감독은 부부가 사는 집 전체를 환하게 밝히던 불이 하나씩 꺼지는 장면을 통해 나날이 진행되는 병을 은유한다. 그렇게 피오나의 기억들은 하나씩, 차례로 뇌에서 사라진다.

피오나와 그랜트 부부도 자신들에게 그런 불행이 닥치리라고 예상하지 못했을 것이다. 하지만 중요한 것은 희망의 끈을 놓지 않는 데 있다. 마지막 장면을 보고서야 이 영화의 주제가 치매를 비극적으로 설명하는 것이 아닌, 부부의 사랑이라는 사실을 깨달았다. 감독의 편집에 멋지게 한 방 먹은 셈이다.

영화에는 치매 노인의 증상을 이야기하는 것 외에 또 한 가지 중요한 사실이 포함되어 있다. 자신의 처지를 깨달은 피오나는 남편에게 부담을 주지 않으려 스스로 치매 전문병원에 입원하길 원한다. 그리고 하루가 다르게 증상이 심각해져가는 부인을 바라보던 그랜트도 마지못해 그 결정에 따른다. 아내를 보고 싶은 마음에 그는 매일 병원을 찾지만 불과 한 달이 못 되어 그녀는 남편의 존재를 잊고 만다. 알아보지도 못하는 아내를 하루 종일 물끄러미 바라만 보고 있어

Still Alice.
앨리스는 여전히 앨리스이다.

야 하는 그랜트의 자괴감이라니. 치매 노인을 돌보는 병원은 겉보기에 매우 아름답다. 노인들이 채광이 잘된 환한 복도를 오가고 각종 편의시설과 멋지게 꾸며진 응접실에서 갖가지 취미활동을 하는 동안 간호사들이 환자 한 사람 한 사람을 세심하게 보살피는 시스템은 역시 캐나다가 선진국임을 알게 한다. 그러나 속을 들여다보면 비인간적인 면이 눈에 띈다.

최고급 시스템을 유지하기 위해 가족에게 엄청난 경제적 부담을 지우고 (치료 명목으로) 환자를 가족과 떼어놓았다가 중증重症에 들어서면 다른 환자들에게서까지 잔인하게 격리시킨다. 사실 그 지경에 이르면 가족은 의사의 충고에 따라 자연스럽게 모든 희망을 포기하고 만다. 말하자면, 치매 병원이란 환자를 가족들로부터 잊힌 인물로 만들어 죽음으로 가는 수순을 밟아주는 데 그 역할이 있다는 것이다. '채광 좋은 복도'가 실은 망각과 죽음으로 통하는 길인 셈이다. 인간을 잡아먹는 거대한 사회! 이 대목에서 영화는 '웰빙 시스템' 혹은 '원 스톱 시스템'이라는 그럴듯한 이름으로 절묘하게 포장된 사회를 고발한다.

가끔 치매 환자들이 제정신으로 돌아올 때가 있다. 역시 치매를 주제로 다룬 〈노트북〉2004이라는 영화에도 그 순간만을 기다리며 줄기차게 부인 곁을 지키는 남편이 등장하는데, 아내를 멀리 보낸 그랜트에게도 마침내 기회가 찾아온다. 갑자기 정신이 돌아온 피오나는 집으로 돌아가길 원했고 불 꺼진 집에 다시 불이 켜진다. 치매 환자라할지라도 마지막까지 인간으로 존중받아 마땅한 것이다. 피오나 역

222

시 안락한 곳에서 가족이 지켜보는 가운데 행복하게 눈을 감을 권리가 있다.

나이가 숫자가 될 때

"나이는 숫자에 불과하다." 이는 분명 노년의 삶을 긍정하는 말일 텐데, 정작 이 문구를 접하는 노인들의 생각은 다른 것 같다. 주변 어르신들에게 여쭤보면 이 말을 들으면 들을수록 자신의 처지를 적나라하게 깨닫게 되어 괜스레 우울해진단다. 그런 면도 있겠구나 싶었다. 아무리 포장을 그럴듯하게 한들 여전히 부담스럽다는 뜻이겠다.

공포의 병 치매! 길에 서 있는 빨간 통을 보고 '우체통'이라는 이름이 생각나지 않으면 건망증이고, '저게 뭐하는 물건이지?' 하고 물으면 치매라고 한다. 자신은 물론 주변까지 한 순간에 몰락시키는 막강한 파괴의 병이다. 치매 노인이라도 한 분 있을라치면 온 가족의 얼굴에 수심이 가득해진다. 하지만 영화감독이라는 사람들은 공포의 병을 오히려 환하게 드러내 사회적 치유책을 강구한다. 그런 의미에서 앞의 두 영화는 참으로 갸륵하다.

줄리안 무어는 할리우드에서 꽤 잘나가는 배우로 이제까지 다양한 역을 소화했다. 그러다가 일생일대의 기회를 잡아 〈스틸 앨리스〉에서 탁월한 연기를 선보였다. 천재 여교수였다가 치매환자가 되는 과정을 무척이나 심도 있게 소화한 것이다. 덕분에, 당연한 일이겠지만 이 영화로 아카데미 여우주연상을 받았다. 〈어웨이 프롬 허〉에서 보여준 줄리 크리스티의 연기 역시 뛰어났다. 우아하고 세련된 귀부인에서 흐트러진 머리칼을 휘날리는 정신 놓은 노파로 전락하고, 병원에서 새로운 사랑을 만나 열병을 앓다가 다시 남편에게 돌아오는 모든 과정을 차분한 표정으로 멋지게 보여줬다. 줄리 크리스티는 이 영화로 2006년 골든글로브 여우주연상을 수상했다.

인간,
고독한
우주의 중심

〈그래비티〉 & 〈프로메테우스〉

―――――――――

1969년, 한국 시각으로 7월 21일 오전 11시 무렵, 달 착륙 장면이 전세계에 TV로 생중계되었다. 나 역시 학교 선생님의 허락 아래 생중계를 본 기억이 난다. 다음 날 학교에서 만난 친구들과 달 착륙에 대해 하루 종일 이야기꽃을 피우기도 했다. 그날 밤 저마다 장차 우주인이 되는 꿈도 꾸었으리라. 그만큼 큰 사건이었고 우주가 얼마나 매력적인 공간인지도 알게 되었다.

그때만 해도 서울 하늘이 무척 맑았다. 밤이면 하늘의 별들을 맘껏 감상할 수 있었고 남산에 올라가 바라본 별들의 강은 그야말로 엄청났다! 비록 우주여행을 실천에 옮길 수는 없었지만 그런 꿈을 꾼 지 한참 만에 우주를 향한 모험심과 경외심을 떠올리게 만드는

영화를 만났다. 〈미지와의 조우〉1977와 〈스타워즈〉1977! 앞의 영화는
그럴듯한 논리를 바탕으로 하고 뒤의 영화는 글자 그대로 모험영화
다. 좀 더 세분하자면, 같은 SF 영화이지만 〈미지와의 조우〉는 지적인
외계생명체를 다루고 〈스타워즈〉는 우주에서 벌어지는 전쟁을 다룬
영화이다.

　그 두 영화 이후로 SF 영화는 발전을 거듭했다. 볼썽사납고 황당한
외계인이나 미니어처로 적당히 둘러대는 우주선도 자취를 감추었다.
〈미지와의 조우〉와 〈스타워즈〉는 말 그대로, SF의 진화를 알려주는
신호탄이었다. 그로부터 36년 후, 우리는 드디어 〈그래비티〉를 만나
게 된다.

그래비티

　러시아가 쓸모없어진 위성을 미사일로 파괴했다. 그런데 당초 예
상과 달리 파편들이 궤도를 벗어나면서 불행이 시작된다. 파편은 우
선 미국 탐사선 익스플로러 호를 덮쳤고 이어서 러시아 우주정거장
을 파괴했으며 중국 우주정거장이 궤도를 이탈해 지구로 추락하게
만들었다. 더욱 무서운 사실은 파편들이 궤도를 끊임없이 운행하는
까닭에 다음 충돌이 있을 90분 내에 위험으로부터 빠져나가야 한다
는 것. 이 극단적인 위기 상황에 스톤 박사산드라 블록 홀로 방치되어 있
었다. 그녀는 허블 망원경을 수리하기 위해 우주여행의 기초만 익힌
채 처음으로 지구 밖에 나간 처지였다.

〈그래비티〉알폰소 쿠아론 감독, 미국, 2013년, 90분에서 보여주는 우주는 실로 놀랍다. 비행대장 매트조지 클루니의 머리 위로, 발 아래로, 양옆으로 펼쳐지는 드넓은 우주와 그 사이로 불쑥불쑥 나타나는 푸른 별 지구……. 자유자재로 우주 관찰의 기회를 제공하는 감독 덕택에 관객도 우주 유영을 하는 듯하다. 게다가 3D 화면의 박력은 이제까지 보았던 어떤 3D 영화와도 달랐다. 특히, 스톤 박사가 흘린 눈물 한 방울이 그녀의 눈에서 나와 천천히 관객의 시야로 날아드는 장면은 정말이지 빼어났다. 눈물 한 방울의 무게감을 그토록 세밀하게 느껴본 게 몇 년 만인가. 3D 영화가 비단 액션뿐 아니라 따뜻한 감성까지 담아낼 수 있다는 점을 감독이 깔끔하게 증명한 셈이다.

스톤 박사는 우주 공간을 떠돌며 어떤 이와 우연히 대화를 나눈다. 아마 단파채널을 통해서였을 것이다. 상대는 국제 무선 조난 신호인 '메이데이Mayday'를 스톤박사의 이름으로 착각하고, 메이데이 씨에게 개 짖는 소리와 아기의 칭얼대는 소리를 들려준다. 구조될 희망이 점점 사라져 죽음의 문턱까지 다다른 그녀에게 위로를 주는 유일한 소리가 공교롭게도 아기의 것이었다.

인간은 극히 예외적인 경우를 제외하고는 외롭게 죽지 않는다. 가족과 친지들이 임종을 지켜보기 때문이다. 그러나 우주공간에 홀로 남은 인간에겐 죽음이란 전혀 다른 의미를 가질지 모른다. 완벽하게 고독한 처지에 놓인 사람도 여전히 인간의 존엄성을 갖고 있음을 스톤 박사의 외로운 투쟁이 증명한다. 〈그래비티〉 역시 할리우드 영화의 한계를 넘지 못해 행복한 결말을 맞지만 그녀가 설혹 우주공간에서 자살을 택했더라도 인간의 존엄성마저 빼앗을 수는 없었을 것이다. 유일한 가족이었던 딸이 죽은 후 하루하루의 삶이 무의미했기에 우주까지 나왔지만 그녀의 귀에는 여전히 아기 목소리가 들리지 않는가. 지구로 다시 돌아간다면, 스톤 박사는 훨씬 더 가치 있는 일을 할 수 있으리라.

주인공 산드라 블록은 실제로 폐쇄된 모형 탈출선에서 몇 달을 촬영했다고 한다. 그때 느낀 고독감으로 약간의 정신적인 문제까지 생겼다는데, 그 덕분인지 뛰어난 연기를 보여주었다. 또한 관제 센터의 통제관 역을 맡은 애드 해리스는 비록 얼굴은 나오지 않지만 목소리 연기가 일품이었다.

산소가 모자란 상태에서는 인간의 정신활동도 둔화돼 종종 헛것이 보이거나 들리곤 한다. 이를 두고 신의 계시라고 말하는 사람도 있고, 부질없는 상상이라고도 이야기한다. 하지만 지구와 동떨어진 우주에서 신의 목소리를 한 번쯤 들었다고 그리 책잡을 일은 아닐 성싶다. 철저히 과학적인 합리성을 근거로 만든 영화에서 신의 존재를 암시하는 장면들이 나오기에 하는 말이다. 매트의 갑작스런 출현과 러시아 우주정거장의 이콘, 중국 우주정거장의 불상佛像 등등.

알폰소 쿠아론 감독의 전력을 보니 〈판의 미로〉2006와 〈비우티풀〉2010의 제작에 참여한 바 있었다. 두 영화 모두 탁월한 상상력과 흥미 있는 이야기 전개가 돋보였다. 〈그래비티〉 역시 훌륭한 작품성을 가진 영화다.

프로메테우스

　그리스 신화에 나오는 프로메테우스는 인류에게 불을 선사한 거인신이다. 그는 인간이 생식生食을 하는 게 못내 불쌍해 태양신 아폴론의 마차에서 불을 훔쳐 인류에게 전해주었다. 신의 세계와 인간의 세계는 엄격히 구분해 마땅한데 프로메테우스가 신성한 법을 어긴 것이다. 어느 날 올림푸스 산을 산책하던 신들의 왕 제우스는 지상에서 연기가 피어오르는 것을 발견하고 프로메테우스에게 벌을 내린다. 우선 그를 캅카스 산에 결박한 후 독수리가 날아와 간을 파먹게 만들었다. 그리스 신화에 나오는 신들은 인간처럼 희로애락을 느끼고 고통도 느끼기에 독수리가 간을 파먹을 정도면 끔찍한 고통을 받았으리라. 하지만 프로메테우스는 영생을 누리는 신이기에 다음 날이면 간이 또 생겼고 상처도 씻은 듯 나았다. 다음 날, 자신의 간을 먹기 위해 저 멀리서 기운차게 날아오는 독수리가 프로메테우스의 눈에 다시 보였을 것이다.

　영화 〈프로메테우스〉리들리 스콧 감독, 미국, 123분, 2012년에서 보여주는 신화적 상상력도 결코 그리스의 프로메테우스 이야기에 뒤지지 않는다. 몇몇 과학자들이 오래된 동굴 벽화에서 우주의 메시지를 읽어냈다. 이들은 메시지를 인류를 창조한 존재로부터 온 초대장으로 여겼고, 영생을 누리려는 거대 기업의 회장이 날려 보내는 우주선 프로메테우스 호에 동승한다. 메시지의 좌표를 쫓아 거창한 우주여행을 한 끝에 도착한 행성에서 그들은 미지의 생명체와 만나지만 이미 우주괴물에게 공격당한 후였다. 우주괴물과의 싸움에서 기적적으로 살아

남은 주인공 엘리자베스누미 파라스와 인조인간 데이빗마이클 패스벤더은 인류 창조의 존재를 찾는 새로운 여행을 떠난다.

리들리 스콧 감독은 〈글레디에이터〉2000나 〈킹덤 오브 헤븐〉2005과 같은 역사물로 명성을 날린 바 있다. 그러나 그는 본래 SF 영화의 기수였다. 미래영화의 교과서로 꼽히는 〈블레이드 러너〉1982나 우주괴물 영화의 신개념을 개척한 〈에일리언〉1979이 그 대표작인데 〈프로메테우스〉의 별명이 바로 '에일리언의 시작'이라 들었다. 그런데 정작 영화를 보고나니 우주괴물의 생태 묘사를 넘어 '인류 기원에 대해 실제로 감독이 의문을 갖고 있지 않았나?' 하는 생각이 들었다. 그래서 자연스럽게 스탠리 큐브릭 감독의 〈2001: 스페이스 오디세이〉1968가 떠올랐다. 영화의 범위는 유인원 상태의 인간에서 외계에서 온 메시지를 쫓아 우주로 나가는 미래의 인간까지인데, 결국 메시지의 출발은 다름아닌 인간이었다. 인간에게는 인간 자신이 우주의 중심일 수밖에 없다는 평범한 진리를 감독이 보여주려 한 것이다.

프로메테우스 호에 탑승한 과학자 중 한명이 사이버 인간 데이빗에게 묻고 데이빗은 의미심장한 대답을 하는 장면이 있다.

"누군가 인간을 창조했다면 과연 왜 그랬을까?"

"창조할 수 있으니까!"

떠나는 자와 돌아오는 자
철학자는 일반적으로 형이상학의 차원에서 초월적 가치를 추구한다. 르네 데카르트1596-1650의 '나는 생각한다. 고로 존재한다Cogito ergo sum'는 과학적으로 증명될 수 없는 차원이 엄연히 존재한다는 사실을 밝히는 명제이다. 하지만 근대 이후 합리주의와 과학주의가 등장하면서 데카르트식의 명제는 도전받아왔다. 오귀스트 콩트1798-1857는 과학적이고 실증적인 차원에 도달하지 않은 명제는 아직 완성에 다다른 것이 아니라는 주장을 펼쳐 데카르트식의 사고에 문제를 제기한다. 그 후 형이상학과 과학실증주의는 시대를 오가며 수많은 분야에서 충돌을 일으켰다.

신학자 역시 초월적인 가치를 추구한다. 그러나 세상사를 선과 악으로 구분하고 선의 획득을 위해 최고의 노력을 경주하겠다는 식의 다짐은 과학자에게 어울리지 않는다. 인간의 눈에만 선과 악이 띨 뿐 실제 자연에는 선악으로 구분할 수 없는 질서가 엄연히 존재하기 때문이다. 이를테면 '독버섯'은 인간에게 해로워서 붙여진 이름일 뿐 '당사자'인 버섯의 생태는 전혀 고려하지 않은 불명예이다. 하물며 우주의 기원이나 인류의 탄생을 인간의 두뇌로 가늠할 수 있겠는가?

고통에 시달리던 프로메테우스를 독수리의 날카로운 부리에서 구해준 이는 헤라클레스이다. 프로메테우스는 감사의 표시로 헤라클레스에게 귀중한 정보 한 가지를 알려준다. 천체를 짊어진 신 아틀라스의 꾐에 절대 넘어가지 말라는 것이었다. 자기 역시 신이면서 같은 신을 농락한 셈이다. 그처럼 과학자의 눈에 신은 그저 놀림감에 불과할지도 모를 일이다. 〈프로메테우스〉의 여행은 다음 편으로 이어진다.

〈그래비티〉에서 스톤 박사가 지구로 돌아오는 장면은 압권 중의 압권이었다. 우주선이 통째로 대기권으로 진입하면서 파편들로 분산되고 그 파편들이 떼를 지어 불길을 끌며 낙하한다. 스톤 박사의 귀환을 알리는 우주의 웅장한 종소리이다. 그리고 지구에 도착한 그녀는 마치 물에서 처음 땅으로 진출한 진화생명체처럼 천천히 걷기 시작한다.

지구로 돌아와 중력을 다시금 느끼는 인간의 감동과 인간의 기원을 찾으려 용감하게 우주선을 타는 인간 사이에 존재하는 간극은 과연 무엇일까? 앞으로 제작될 SF 영화들이 과연 어떤 세계관을 보여줄지 궁금해진다.

안나
혹은
이다

〈이다〉

요즘은 성소자聖召者가 대폭 줄어들어 어느 수도원에 가도 활기가 전만 못하다. 성소자가 줄어든 이유에 대해서는 다양한 분석들이 오가는데, 대체로 수도 생활이 예전처럼 매력적이지 않기 때문이라고 한다. 그만큼 세상 재미가 좋아졌다는 뜻일까? 아무튼 이런 현상은 우리나라에서 처음 시작된 게 아니라 유럽 등지에서 이미 2~30년 전부터 있어왔다. 그쪽 사정을 보면 과학적 사고방식이 발달하고 그리스도교의 장래가 불투명하고 교회의 권위적인 모습에 염증을 느낀 사람들이 늘어나면서 생긴 자연스런 현상이다. 우리와는 조금 다른 양상이라고 해야 할지 모르겠다. 한국은 원래부터 그리스도교 국가가 아니었으니 말이다.

예로부터 유럽에서는 부모 잃은 아이들을 수도원에서 키우는 풍습이 있었다. 〈마르셀리노〉1954라는 영화나 움베르코 에코의 소설을 영화화한 〈장미의 이름〉1986을 보면 쉽게 이해가 가는 풍습이다. 그래서 일단 수도원에 맡겨진 아이들은 그저 자신의 운명이려니 받아들이고 수도자의 삶에 익숙해진다. 다른 가능성을 생각해보지 않는다는 뜻이다.

영화 〈이다〉Ida, 파벨 포리코브스키 감독, 폴란드/덴마크, 2013년, 82분는 그리스도교의 인기가 많이 식은 유럽의 영화라고 보기에는 약간 생뚱맞다. 그러나 여기서 보여주는 문제의식은 실로 대단하다. 단순히 안나라는 평범한 예비수녀의 뒤를 쫓는 '로드무비'라기엔 역사를 보는 강렬한 시선이 눈에 띄기 때문이다.

안나와 이다

유기서원기한이 정해져 있는 서원을 앞두고 수녀원장은 안나아가타 트르체부코브스카에게 특별 휴가를 준다. 이모를 만나고 오라는 것이었다. 부모의 얼굴도 모르는 채 수도원에 맡겨졌지만 그래도 자신의 뿌리를 확인하고 서원식을 하라는 배려였다. 그녀가 만난 이모 완다 루즈아가타 쿠레사는 복잡한 사연을 가진 여성이다. 한때 폴란드에서 잘나가던 재판관으로 수많은 반동분자들을 형장의 이슬로 보내, 그 별명마저 잔혹한 '피의 완다'였다. 그런데 지금은 고작 생계를 위해 몸을 파는 신세로 전락하고 말았다. 누구도 이해하기 어려운 극과 극의 인생을 사는 셈이다. 안나는 이모의 낯선 모습에 몹시 당황한다. 험한 세상에서 벗어나 수녀원에서만 자랐기에 더 그랬을 것이다.

완다 이모의 입을 통해 안나는 자신의 원래 이름이 이다라는 사실을 알게 된다. 이다 레벤슈타인! 하임과 로지의 딸이자 고향은 피아스크. 이다는 이모와 함께 부모님이 묻혀 있다고 추측되는 고향으로 찾아간다. 여행길에 부모의 죽음과 관련된 사람들을 하나하나 만나면서 그녀는 자신의 가족사에 큰 비극이 자리했음을 알게 된다. 더불어 이모의 삶이 왜 나락으로 추락했는지도 드러난다. 폴란드는 제2차 세계대전으로 온통 폐허가 되었고, 전쟁과 전후 공산화 과정에서 천만 명 이상이 목숨을 잃었다. 이리 치이고 저리 치이는, 유럽에서도 대표적인 약소국이 폴란드였다. 그러는 동안 얼마나 많은 복잡한 사연들이 생겨났겠는가. 영화의 배경인 1960년대는 폴란드라는 나라가 겪은 참혹한 운명의 바닥을 보여주는 시절이었다. 아래위로 요동치는 시대에 폴란드에 살았던 어느 가족의 절절한 이야기. 감독은 그곳에 초점을 맞춘다.

무덤을 파헤치다

가해자와 피해자! 피해자는 믿었던 친구에게 목숨을 빼앗기고 가해자는 그 일로 평생을 고통에 휩싸여 지낸다. 인간은 한 순간의 이기적인 판단으로 잘못된 선택을 하지만, 그에게 남겨진 죄의식은 아무리 세월이 지나도 수습되지 않는다. 그래서 이런저런 변명을 찾아내고 합리화도 시켜보지만 죄의식을 완전히 몰아내기란 불가능하다. 유대인 이다의 가족에게 주어진 불행은 바로 어제까지 옆집에 살던 폴란드인 이웃들에게서 비롯된 것이었다. 하지만 수도원에 맡긴 이다가 다시 나타나는 순간, 기억 속에 묻어두려 했던 그들의 죄의식이 생생하게 살아나고 결국 이다 부모님의 무덤을 파헤쳐야 하는 처지에 몰리고 만다. 과연 무덤 속에서 무엇이 나올까? 완다가 머플러를 풀어 작은 남자아이의 해골을 정성스레 싸는 모습을 꼭 기억해주시길.

무덤을 파는 장면은 하나의 탁월한 은유다. 이 은유는 비단 이다의 불행한 가족사일 뿐 아니라 독일의 강압에 눌려 유대인 박해에 동조한 폴란드라는 나라의 자화상이기도 하다. 비록 독일이 패전국이 되어 나라는 자유를 되찾았지만 폴란드 국민의 잘못된 선택에서까지 자유로워지지는 못한다. 감독의 철저한 역사의식은 무덤 장면에서 그 빛을 발한다.

예수는 일찍이 제자들에게 누룩을 조심하라고 말씀하신 바 있다마태복음 16:5~7. 바리사이들의 못된 가르침이 슬며시 제자들을 파고들어 마치 누룩이 밀가루 반죽을 부풀리듯 공동체를 오염시킬 수 있다는 것이다. 그러니 시작부터 누룩의 침입을 차단해 마땅하다. 만일 폴란드의 비극을 예견한 이가 있었다면 20년이나 지난 무덤을 파는 일은 없었을 것이다.

이모와 동행하던 중에 이다는 멋진 청년을 만난다. 외모도 멋질 뿐 아니라 알토 색소폰 연주자로 폴란드 여기저기를 돌아다니는, 자유로운 영혼을 가진 사람이다. 그가 속한 밴드의 연주는 또 얼마나 멋지던지. 이모와 여행에서 참혹한 바깥세상을 보았던 이다에게 그는 유일한 기쁨이자 희망이었다. 그 기쁨은 이다의 옷차림에서 나타난다.

완다의 부고를 들은 이다는 다시 한번 세상으로 나간다. 이모의 유품을 수습하던 중 이다는 수녀복을 벗고 빨간색(?) 원피스와 하이힐을 신어본다. 복장을 갖춰 입고 곧바로 청년이 일하는 클럽으로 가서 밤늦게 춤을 추고 아침까지 그와 함께한다. 이제까지 접해보지 못했던 전혀 새로운 경험을 한 것이다.

〈이다〉와 함께 거론되는 영화로 〈신과 함께 가라〉2002라는 독일 영화가 있다. 역시 어릴 때 고아로 수도원에 맡겨진 아르보에게도 이다와 같은 도전이 주어진다. 그 역시 수도원에서만 자라 세상 물정을 도통 모르고, 자신에게 친절을 베푼 여성에게 사랑을 느끼고 함께 밤을 보낸다. 수도원으로 돌아온 아르보에게 선택의 기회가 한 번 더 주어지자 그는 성인으로서 책임 있는 판단을 내린다.

예수는 제자들에게 어두운 데서 들었던 말을 밝은 곳에서 말하고 귀에 대고 속삭였던 말을 지붕 위에서 외치라고 말씀한다. 감춰진 것은 드러나고 비밀은 알려지게 마련이다. 그 이유는 분명하다. "육신은 죽여도 영혼은 죽이지 못하는 사람들을 두려워하지 말고, 영혼과 육신을 아울러 지옥에 던져 멸망시킬 수 있는 분을 두려워하라."마태복음 10:28

이다는 몸은 비록 어른이었지만 이제까지 그저 수도자가 될 운명

237

이려니 하며 살던, 어린 아이의 마음에서 벗어나지 못했다. 그랬던 이다에게 다시 선택의 기회가 주어지고 이를 통해 이다는 비로소 어른으로 성장한다. 육체의 순결이라든가, 경제적 청빈이라든가, 진심 없는 순명 따위는 이제 이다의 언어가 아니다. 그녀가 참어른으로 성장하는 장면에 감독은 특별한 무게를 실었다. 장치에 고정시킨 카메라가 아니라 손으로 카메라를 들고 영상을 찍는 '핸드헬드' 기법으로 이다의 걸어가는 모습뿐 아니라 그녀의 마음까지 잘 따라잡았다. 뛰어난 연출이었다.

성소자와 선택

〈이다〉는 흑백영화다. 1960년대가 흑백영화 시대라서 그렇게 했다기보다는 역사의 투명한 관찰이라는 측면에서 흑백이 유리하다고 판단한 듯하다. 훌륭한 연출과 탁월한 역사의식과 뛰어난 세계관 묘사에 힘입어 〈이다〉는 동유럽 영화로는 이례적으로 세계의 주목을 받았다. 전세계 56개 영화상 석권과 함께 40여 개의 노미네이트로 글로벌 영화계의 이목을 집중시켰고, 제68회 영국 아카데미 시상식 외국어영화상과 촬영상 후보가 된 데 이어 제87회 미국 아카데미 외국어영화상과 촬영상 후보에도 올랐다. 이 정도면 비록 수상을 못했다 하더라도 빼어난 작품임에 틀림없다.

앞에서 성소자가 줄어드는 현상에 대해 언급했다. 성소자가 줄어드는 것은 그만큼 세상이 바뀌었기 때문이라고 합리화시킬 수도 있겠다. 물론 그 이유가 가장 간단하고 설득력 있는 설명이다. 하지만 이는 사태의 진실을 피해가는, 약간 비겁한 설명으로 여겨진다. 마주하기 싫어 일부러 멀리 돌아가는 핑계라고나 할까? 〈이다〉는 현재 수도 생활을 하고 있는 사람이나 장차 수도자의 꿈을 꾸고 있는 사람 모두에게 반드시 필요한 영화다. 더불어 인간의 죄의식에 대해서도 한번쯤 생각해보시길 바란다. 많은 암시를 얻을 수 있을 것이다.

#수도자로산다는것 #죄책감과책임감그리고선택 #순응의반대말

그것이 옳은 일이니까요 박태식 신부가 읽어주는 영화와 인권

1판 1쇄 인쇄 2016년 8월 30일 **1판 1쇄 발행** 2016년 9월 5일
지은이 박태식
펴낸이 김강유
편집 이승희 **디자인** 정지현

발행처 비채
주소 경기도 파주시 문발로 197(문발동) 우편번호 10881
등록 1979년 5월 17일(제406-2003-036호)
구입 문의 전화 031)955-3100 **팩스** 031)955-3111
편집부 전화 02)3668-3295 **팩스** 02)745-4827 **전자우편** literature@gimmyoung.com
비채 카페 http://cafe.naver.com/vichebooks **인스타그램** @drviche
트위터 @vichebook **페이스북** www.facebook.com/vichebook
ISBN 978-89-349-7588-5 03810 책값은 뒤표지에 있습니다.

비채는 김영사의 문학 브랜드입니다.
이 도서의 국립중앙도서관 출판예정도서목록(CIP)은 서지정보유통지원시스템 홈페이지(http://seoji.
nl.go.kr)와 국가자료공동목록시스템(http://www.nl.go.kr/kolisnet)에서 이용하실 수 있습니다.
(CIP제어번호: CIP2016020708)